メディアワークス文庫

拝啓見知らぬ旦那様、離婚していただきますⅣ

久川航璃

目　次

主な人物紹介

バイレッタ・スワンガン
洋装店オーナー兼縫製工場長。元ホラント子爵令嬢。

アナルド・スワンガン
戦場の灰色狐《はいいろぎつね》の異名を持つ。陸軍中佐。

エルメレッタ・スワンガン
バイレッタとアナルドの娘。

ワイナルド・スワンガン
アナルドの父。スワンガン家の当主。

ミレイナ・スワンガン
アナルドの腹違いの妹。

サミュズ・エトー
ハイレイン商会の会頭。バイレッタの叔父。

モヴリス・ドレスラン
栗毛《くりげ》の悪魔の異名を持つアナルドの上官。

デュルクム・トレスイド
侯爵家嫡男、ミレイナの恋人。

ティファニア・ゲッフェ
ガイハンダー帝国により滅ぼされたゲッフェ王国の姫。

シックス・べべ
ゲッフェ王国の暗殺部隊出身。ティファニアの護衛。

エミリオ・グラアッチェ
立法府議会議長補佐官。バイレッタの学院時代の同級生。侯爵家嫡男。

ヤナ・サイトール
アナルドの副官。陸軍中尉。
フェンネル・ゼイバ
軍曹。特務小隊所属、現在行方不明。

序章　亡国の姫からの手紙

　ガイハンダー帝国のやや南西寄りに位置するゲッフェ王国は肥沃な農地を持つ小国である。南部らしい年中通して穏やかな気候も併せて、ゲッフェ国民は長閑《のどか》な農耕民族というイメージが強い。

　そんな穏やかな春の初め。冴《さ》え冴《ざ》えとした満月が夜空に上がった頃——宴もたけなわと言いたげに、晩餐《ばんさん》会のテーブルについていた小柄な男が愉快そうに笑った。

　一国の王という立場ではあるもののあまりの凡庸さに、特筆すべきこともない。近い未来に思い出そうとしてもどうしても思い出せない印象の薄い王といえそうだ。ペラペラと一方的に話す言葉にすら、意識を向けることが億劫《おっくう》なほどに。

「そうかそうか、では順調ということだな」

　静かな城の広い食堂では、四人の男女が向かい合わせで座っている。

　もっぱら会話をするのはゲッフェ王国の国王である男と、ずっと上機嫌で赤い瞳を細めている上官であるモヴリス・ドレスラン中将だ。

　その横にいたアナルド・スワンガンは茶番に付き合っていられず、目の前の豪華な食事をただ黙々と口に運ぶだけである。正直、味など関係ない。ただ、時間が潰せるならと手を動かすのみだ。

幸いにも料理だけは豊富に並んでいる。小国でもさすがは一国の王の晩餐に相応《ふさわ》しいものだ。

けれどそんな部下の心情など微塵《みじん》も関係なく、茶番劇の主は至極愉快そうに会話を続けている。

国王の歓喜に満ちた声に拍車をかけるように、モヴリスは明るく答えた。

「もちろん。勇猛と恐れられるガイハンダー帝国軍の我々にかかれば造作もありませんね」

彼も国王の前では丁寧な態度を崩さない。

けれど、そんな態度もいつまでもつというのか。

アナルドは食事を嚙《か》み締《し》めながら、脳裏で思う。

「さすがだな。ティファニア聞いたか、これで我がゲッフェ王国も安泰だぞ」

ゲッフェ王国国王の横に座っていた線の細い少女が伏し目がちに父王に向けて、控えめに微笑《ほほえ》む。

見事な金色の髪を長く伸ばし魅惑的な緑色の瞳を持つ彼女は、春芽吹く新緑の頃を思わせるため『春宵姫《はるよいひめ》』と呼ばれているらしい。小国ではあるものの、豊かな穀倉地を有するゲッフェ王国を狙う国は多い。その外交の切り札の一つとして各国から婚姻の申し込みが絶えないという。確かに儚《はかな》げな印象は男の庇護《ひご》欲をそそるかもしれない。

上司から女嫌いと称されるアナルドはなんら感銘を受けず、むしろちらちらと向けられる少女からの秋波も完全無視ではある。ある意味、いつものことではあるので慣れたものだ。

「そうだ、今後もガイハンダー帝国とのつながりを強固にするために我が娘とそちらの部下との婚姻を結ぶというのはどうだ？　随分と優秀な男だそうじゃないか。先日の戦でも見事な指揮をとったと聞いたが。娘もまんざらではなさそうだしな」

「お父様……」

弱々しく父親を呼ぶ声には確かに喜色が込められていて、アナルドはため息をつきたくなった。

この上機嫌な上司の胸の内を思えば、むしろ頭痛しかしない。

「あははは、面白いことを言うね」

ほらきた、とアナルドは心底可笑《おか》しそうに笑うモヴリスの続きの言葉を聞く。

すでに慇懃《いんぎん》な態度は払拭されている。

彼にしてはもったほうだと感心すればいいのだろうか。

「今夜滅ぶ国の姫にいったいなんの価値があるというのかな？」

「──なっ、どういう……まさか貴様、裏切ったのか！」

瞬時に顔色を変えた国王は、激高した。

南部戦線に展開している帝国軍のうち、ゲッフェ王国にほど近い場所の戦況が好転したと告げた口で、国が滅ぶなどと不吉なことを告げるのだから、国王が怒るのも無理はない。ゲッフェ王国の王が内心でどちらの味方をしているのかは知らないが。

されど、アナルドにとってみれば純然たる兵力差の結果であって、驚くほどのことでもない。ガイハンダー帝国軍人は勇猛果敢であれという標語のもと、一人一人の練度が高い。その上、上司は優秀で士気も高く統率が取れている。単純に数だけの問題ではなく、質が高い。それが見抜けないからこその、暗愚ということだろう。

帝国軍を手玉にとっていたつもりが、こちらの策に嵌《は》まっていただけ。

さすがは大国の間に挟まれた小国の王だ。

すり寄る相手を間違えたことを、自身の置かれた状況を、瞬時に察したようである。

立ち上がって叫ぶ国王に、モヴリスはさらに笑みを深めた。

「何を言ってるの、ばれていないと思う時点で浅はかだよね。僕たちに近づいてきたのも連合軍の指示でしょう。ここに足止めするようにって小さな戦ばかり押し付けてさ。あんなもの前座にすらならない。おかげでゲッフェ王国の兵士を城外に出してくれていたから城内を制圧するのは簡単だったけれど、感謝する気にはなれないなあ。

あまりに退屈だったからね」

南部戦線の相手は南にある隣国ではあるが、その兵の内情は南部連合軍という名の烏合《うごう》の衆だ。数が多いので数年かけて一進一退を繰り広げている。というのも連合軍に属する国の数が多いということがある。どれも小国だが後ろには南に広く展開する大国がいるのも厄介なところだ。

ゲッフェ王国のような小国をいくつか潰したところで、決定的な一打にはならないが、潰さなければ戦が長引くだけ。そう判断してモヴリスが南部の周辺国をいくつか滅ぼしているのは有名な話だ。なぜゲッフェだけが助かると思ったのかアナルドは不思議でならない。

しかも騙《だま》せると本気で思っていたとしたら、モヴリスを侮りすぎだ。

「し、城の中にはあやつらが……」

「この国お抱えの暗部——暗殺を得意とする者たちのことかな。さすがに城攻めの攻防には向かなかったんじゃない。期待していたほどじゃなかったようだよ。だって、こんなに静かでしょう？」

ゲッフェ王国には国王直属の暗殺者集団がいる。実際アナルドも奇襲を受けた。あからさまに正体を明かすことはなかったが、モヴリスは彼らがゲッフェの暗部だと断じた。帝国軍の友好国と油断させて襲われたのだ。抜け目のない上司のことだから、間違いはないのだろう。

こちらに関してはなかなかの強敵だった。一般兵士ではなく、完全に暗殺に特化した者たちで、兵士とも区別されているらしい。どちらかと言えば。戦争に駆り出されるより要人暗殺を専門にしているため、モヴリスのところにもよくやってきていた。

そんな相手を野放しにして、敵陣真っただ中で優雅に食事を楽しめるほど上司はお気楽ではない。

偽情報を与えるなりして無力化しているのだろうと簡単に想像がつく。それをさも壊滅させたかのように吹聴するあたり、上司の性格は悪い。もしかしたら、本当に無効化している可能性も捨てきれないあたり、彼の能力は高いのだが。

アナルドもこんなくだらない食事をするより、そちらの役回りのほうがよかったと思うくらいだ。

しかし一国の王が静かすぎる城内に違和感すら抱かないのも、いっそ憐《あわ》れですらある。とは言ってもさほど同情するものでもないので、眉根を寄せるだけだが。

ゲッフェ国王にとってはどちらの態度が不遜だろう。

モヴリスは優雅に立ち上がると、肩を竦《すく》めてみせた。

「さあ王族としての――いや人生かな、とにかく最後の晩餐だよ。ゆっくり楽しんで？」


食堂からアナルドを連れて移動したモヴリスはゲッフェの王城をやや離れた城壁の上から見下ろしながら、ぼやいた。

彼の紅の瞳は、城の一部を舐《な》めんばかりに燃える炎に向けられている。

「ああ、誰だよ、火なんか放ったら掃除が大変じゃないか。しばらくはあの城を拠点にするんだからさ」

「逃げ出した使用人が燭台《しょくだい》でも倒したんじゃないですか」

遠く風に乗って剣戟《けんげき》の音がしていたが、いつの間にか静かになっている。

戦地にいたゲッフェの兵士が戻ってきて交戦が始まったようだが、それも短時間で決着がついた。あとは各地に散ったゲッフェの兵たちを片づければ終わりだ。

南部戦線も随分と長い間戦っていたが、終盤に差しかかっていると肌で感じる。

アナルドの当たり障りのない返しに、凪《な》いだ月夜を背にしたモヴリスが口を尖《とが》らせた。

「そうかもね、慌てたところで国が滅ぶという結果は変わらないのに。そういえば、結果が変わらないと言えばさっきのことだけど。結婚相手を押し付けられて黙っているのはどうなの。君、そもそもすでに嫁がいるじゃない？」

不機嫌そうに見せて、どんな感情を抱えているのか察することのできない上司に、アナルドはただ冷めた視線を向けた。

彼の行動には時折迷惑をかけられることもあるが、不快に感じるかといえばそれほどでもない。そよ風で湖面を揺らして起こすさざ波程度の、ささいな感情の揺らぎを起こすか起こさないか程度のこと。

それは結婚相手を押し付けられたこともそうだった。

最初は驚いたものの、遠く離れた戦場ではアナルドになんの影響も及ぼすことはない。

「だから、返事をしなかったじゃないですか」

「あれ、そういう意味で無言だったの。てっきり奥さんのこと忘れて断り文句を探しているのかと思ったよ」

「こういう時に便利だからと中将が結婚させたのでしょう。普段は忘れていますが、タイミングよく思い出しました」

そう、普段は忘れているが、アナルドは既婚者である。

たとえ、妻の顔は知らなくても。

事実は事実として受け入れている。

「はは、そうなの。まあ素晴らしいタイミングということにしておこう。本当に君の容姿は役に立つから。どこの国でも姫様やらお嬢様に熱視線向けられてすぐに婚姻を申し込んでくるじゃない、囮《おとり》にしちゃ最高だよね。籠絡して相手の国を内側から崩していくのは本当に簡単でいいね。何より我が帝国は重婚禁止だから、結婚させといてよかった。こういう時は断りやすいじゃない」

「ありがとうございます」

確かこの上司が結婚を提案した時は人生が面白くなると言っていたはずだったが、やはり裏があったのかと納得する。

悪魔な上司が善意で面倒そうな仲人など引き受けるなんて考えられなかった。ましてや、部下の幸福を願ってなんて空寒いことを言うわけもない。

彼の突飛な行動も、後々意味を持ってくるので本当に厄介ではある。

反論したところで躱《かわ》されるだろう。なので、従順に受け流すのが処世術といったところか。

「せっかく君の理想を聞いて完璧な相手を用意してあげたのに。相変わらず、温度を感じさせない感謝だね」

アナルドの理想？

そんなことを答えた覚えはないが、確か新兵に欲しい条件をつけたのだ。

結婚など考えたこともないアナルドにとっては上司の意表を突けただけで成功だった。けれど、さすがの悪魔な上司はすぐに条件に見合う相手を提案してきたのだ。

心底驚いたものだった。彼の人脈の広さを侮っていたということもある。

そんな経緯のある妻である。

顔を見たことはないので、気持ちを込めて感謝しろと言われるほうが難しい。

新兵の条件に合致する女など、どんな女だろうとは思うけれど。

興味といえば、それだけだ。

およそ妻に抱くものではない。

アナルドの無感情な態度に肩を竦めてみせたモヴリスが、くすりと笑んだ。

遠く炎を巻き込んだ風の吹く音が悲鳴のように聞こえるだけ。

「ああ、ここは終わりだね。さあ、お人形さん。次の戦場に行こうか」

——アナルドが普段は存在を忘れている顔を知らない妻に振り回される未来は、一年以上先のことである。

◆
◆

「全く、温度を感じさせなかったくせにさあ」

一人残された自身の執務室で、モヴリス・ドレスランは椅子から足を投げ出してだらしなく座る。

虚空を見つめて思うのは、先ほどまでヘイマンズ領地で起きた出来事を報告していた部下である。

ヘイマンズ伯爵家は貴族派の中堅でありながら、軍とも良好な関係を築いている穏健派だ。それが気に食わなかったカリゼイン・ギーレル侯爵がヘイマンズ伯爵家の嫡男暗殺を企《たくら》んだ。息のかかった者をヘイマンズ伯爵家に据えるために。

強欲さは身を滅ぼすとモヴリスは思うけれど、あの強欲さがギーレル侯爵を今の地位に留《とど》めていることは理解している。かなり高齢であるにもかかわらず、精力的で衰えることを知らない。敵ながら、密《ひそ》かに称賛を送っている相手でもある。

自分とはあまりに違いすぎて。

何かに固執するということがモヴリスは感覚的にわからない。

享楽的で、移り気で。

すべてのことは、今が良ければいいと思う。ただし、その楽しめる今を作るために、計画を練るのは大好きだと自覚はしている。固執するとしたらその程度だ。

そんなモヴリスが一番目をかけて可愛《かわい》がっていた部下は、出会った時から人形のように感情のない男だった。

艶《つや》やかな灰色の髪に、宝石のようなエメラルドグリーンの瞳。白皙《はくせき》の肌に整った容姿とくれば、軍人だとしても蔑まれるよりもまずは見惚《みと》れられる。女だけでなく、同じ軍人である男たちからも狙われていたほどだ。相手が一瞬で彼の美貌に呑《の》まれる様を数々見てきたけれど、彫像のように表情が崩れなければ感情を乗せて言葉を発することもない。

人生がつまらなそうな男――アナルド・スワンガン。

出会った時からなんとも華やかな容姿を持つくせに、対照的な内面を持つと面白く思ったものだった。

そんな男が先だって新婚旅行に出かけた。

結婚十年目にしての新婚旅行なんてモヴリスだって本気で勧めたわけじゃない。

彼をヘイマンズ領に送るための方便でもある。

可愛がっている部下への小さな嫌がらせは、モヴリスの趣味のようなものだ。

それをアナルドだってわかっているはずなのに、ヘイマンズ領地の報告書を提出しながら、彼は穏やかにモヴリスに告げたのだ。

『新婚旅行は素晴らしいですね。閣下には、妻との縁を結んでいただいたことを本当に感謝しているんです』

本気で言っているのかと、さすがのモヴリスも言葉を失った。

モヴリスが裏もなくただ親切心だけで、彼にバイレッタを与えたと本気で考えているわけではないだろう。だとしても、言わずにはいられなかった彼の心境を思って不覚にも愕然《がくぜん》とした。

彼はモヴリスの返事を待たずに退室したけれど、一人残された部屋で衝撃から立ち直れずにいる。

それほどの、出来事だった。

普段動じることのない、モヴリスには珍しいことでもある。

「……そんな言葉で僕が喜ぶとでも？　ははは、『戦場の灰色狐《はいいろぎつね》』が随分と腑抜《ふぬ》けたものだね」

『栗毛《くりげ》の悪魔』と呼ばれ、誰からも恐れられているモヴリスである。

第一線で貴族派と常に対峙《たいじ》し、陰謀渦巻く帝国において軍人の権利を確立してきた。

そのための手段を選ばず自身が楽しければそれでいいと考える、まさしく悪魔のような男――。

まさか長年傍《そば》にいた部下が、その実感がないと言うはずもない。

執務机の引き出しから、一通の手紙を取り出してひらひらと振ってみる。封は開けていないが、中身はすでに知っている。同じような内容の手紙がすでに十通は届いているのだから。毎回代わりばえはしないので、今回も同様だろう。

これをアナルドに渡して夫婦仲がこじれるのも面白いかと思ったけれど、結局黙っていることにした。

そのほうが、もっと面白いことになりそうだ。

そうして、少しでもあの部下が元に戻ればいいのに。

僅かばかりの願いも込めて、手紙を見つめる。

「さて、腑抜けている彼はいつ気がつくのかな」

くすくすとモヴリスは意地悪く嗤《わら》う。

小さな嗤い声は、静かな部屋にいつまでも響いたのだった。

『アナルド・スワンガン様

戦場でのお噂《うわさ》をいつも拝聴させていただいております。

お元気なご様子で安堵《あんど》しつつも心配でもございます。何卒《なにとぞ》お体はご自愛ください。

いつまでも、貴方《あなた》のお帰りをお待ちしております。

貴方の妻　ティファニアより』

第一章　可愛い義妹の波乱の婚約事情

　ガイハンダー帝国の帝都は大陸の北方寄りに位置する。都を囲むように聳《そび》える山脈はミッテルホルンと呼ばれ、自然の要塞として都を、ひいては国を守っている。その山々の間の比較的なだらかな地形を利用して開かれた帝都は、初夏の陽気とともに活気に包まれている。

　そんな陽気に当てられたわけではないけれど、バイレッタ・スワンガンは婚家である屋敷の長い廊下を迅速に歩き、義父の執務室の扉を勢いよく開けた。

　誰何《すいか》を待つほどの時間も今は惜しい。

「──お義父様《とうさま》っ」

　執務室の正面に座して仕事をしていた六十前の男が、おもむろに顔を上げる。茶色の髪には随分と白髪が増えた。だが少しも衰えを感じさせない威厳ある姿はさすが当主といった貫禄《かんろく》である。

　バイレッタにとってみれば、単なる偏屈な義父だが。

「なんだ、騒々しいっ。粗忽者《そこつもの》がさらに無礼を極めてどうする」

「お小言は結構ですわ！」

スワンガン伯爵家はガイハンダー帝国の前身時代から貴族位を拝命している由緒正しい家柄である。そんな家に嫁いだバイレッタはしがない子爵家の娘でしかない。ただの下位貴族の娘かと言われると、軍人の父に剣の技術を仕込まれて、大商人の叔父から商売のイロハを叩《たた》き込まれているので、素直に頷《うなず》けないところではある。

そのためバイレッタは義父であるワイナルドから一喝されても気にも留めず、ずかずかと彼の前まで来ると、ばんっと手にした手紙を執務机に叩き付けた。

普段であるならば、それなりの返しをするところだ。

無礼に頓着しないのは義父のほうだろうと言いたい。

しかし義父の怒りなどに構っている余裕は僅かにだってないのである。

「そんな悠長な時間など微塵もありませんわ、報復ですわよ。スワンガン伯爵家の恐ろしさを見せつけてやる時です。もちろん、大陸に名高いハイレイン商会会頭である叔父の力も借りるつもりですが。とにかく、ありとあらゆる手段を講じて鉄槌《てっつい》を下すべきなのです！」

ギリギリと手にした手紙を握りつぶして力説すれば、バイレッタの勢いに圧倒された義父が心底呆《あき》れたと言いたげな顔をする。

いつもは横暴に喚《わめ》く彼が、珍しく諭す側になる。

バイレッタのあまりの勢いに困惑しているのだろう。だとしても改めるつもりもない。

「はあ、話はドノバンとシンシアからすでに聞いてはいるが。お前はクーデターでも起こすつもりか。相手は家格すら上の侯爵家だぞ。上級貴族は歴史が古いだけでなく、力もある。その地位にいるだけの確固たる権力者だ。帝国が荒れるぞ……」

「構いませんわ！」

バイレッタは一言で義父を切って捨てる。

「構わないわけがないだろう……」

義父の呻《うめ》き声に被《かぶ》さるように畳みかけた。

普段はガミガミと口うるさい義父だというのに、肝心な時に消極的になるとはどういうことか。

バイレッタはストロベリーブロンドの長い髪をかき上げて、メラメラと燃えるようなアメジストの瞳を細める。

姿形は女神もかくやといった美貌は極上である。そこに意志の強さを込めれば、相手を籠絡する最大の武器になることを知っている。ここは、押して押して、押すべきだ。

商売人であれば、勝機を自身の才覚で呼び込むことも大切なのである。

強気に出ればおのずと勝機も呼びよせるのだから。

「お義父様っ、どうしてそんなに弱気ですのっ。腹が立たないのですか⁉」

「貴様があまりに常軌を逸して怒るからだろうが。どこに儂《わし》が怒る隙があるんだ」

疲れたように告げた義父に、それでも一家の当主かと罵りたい気持ちを必死に押し隠して口を開く。

「はあ？　お義父様の怒りがその程度のものだったなんて、信じられませんわ。手段を選ぶなど悠長なことを言っている余裕すらありませんのよ。親ならば帝都を巻き込んでも宣戦布告すべきです！」

「過激派の考えはやめろっ、うちはもっと穏健なんだ」

「穏健？　そんなことで解決するわけがありません。それよりも、旧帝国貴族の由緒ある血統の意地を見せるべきです。だというのに、のらりくらりと不甲斐《ふがい》ないことばかり……あいにくと、お義父様との言葉遊びにつきあっている暇はありませんからね。単にやる気がないだけでしょう。管を巻くだけなら、引っ込んでいてください。後はこちらで手を打ちますわ」

いくら止めたところで、バイレッタを誤魔化せると思ったら大間違いである。どう言い繕っても、相手から侮辱されたことには変わらないのだ。

可愛い義妹のミレイナが！

「言葉遊びだとっ⁉　いや、待て待て……ドノバン、こやつをひとまず止めろっ」

いつの間にかやってきて扉の前に立っていた家令のドノバンに義父が助けを求めるように声をかけるが、逃がすものか。

ぎらりと光るアメジストの瞳は、まさに獲物を狙う狩人《かりゅうど》である。

そんなバイレッタを一瞥《いちべつ》して、ドノバンは恭しく頭を下げた。

「若様のお戻りです」

その一言を聞いてバイレッタは玄関ホールに向かって執務室を飛び出した。

このままワイナルドに噛《か》みついていても埒《らち》が明かないと察した末の行動である。

「あ、こら、どこへ行く小娘っ」

ワイナルドの怒鳴り声を背中に聞きながら、大急ぎで玄関へと向かう。

「旦那様っ」

玄関ホールで所在なさげに立っていた夫の姿を認めて、バイレッタの勢いは増す。

大方ドノバンあたりにここで待つようにお願いされたのだろう。戦地から戻ってきたままの軍服姿だ。

バイレッタは構わずに飛びついた。

なんなくバイレッタを受け止めたアナルドは、驚いたようにエメラルドグリーンの瞳を見開いて微笑む。白皙の肌を持つ美麗な中佐と名高い夫である。灰色の髪色がさらりと揺れて、美貌に芸術的な陰翳《いんえい》を与えているが、今のバイレッタは一瞥するだけだ。

「ただいま戻りました」

甘やかな低い声は耳に心地よいけれど、それどころではない。

「おかえりなさいませ。ところで、私のお願い聞いてくださいますよね！」

「はい、喜んで」

間髪いれずに頷いた夫にバイレッタは満足する。

普段は何を考えているのかよくわからない夫ではあるが、今回ばかりは素直で素晴らしい。

「この馬鹿者、内容をちゃんと聞いてから返事をしろ！」

慌ててバイレッタを追いかけてきたワイナルドが怒鳴るけれど、アナルドは不思議そうに首を傾《かし》げている。

戦地から戻ってきたばかりだというのに少しの疲れも見せない夫は、平素と変わりなく妻を抱きとめる腕に力を込めた。

「愛《いと》しい妻からのお願いですよ、叶《かな》えるのは当然では？」

「色惚《いろぼ》けめっ。その小娘はな、貴族派の上級貴族トレスイド侯爵家に喧嘩《けんか》を売れと言っておるのだぞ！」

ガイハンダー帝国は旧帝国時代から続く由緒ある貴族派と軍人からなる軍人派で対立している。その貴族派の筆頭はギーレル侯爵家であり、次点で御三家と呼ばれる侯爵家が続く。バイレッタのスタシア高等学院時代の同級生であるエミリオの家グラアッチェとシーボルン、そして今回のトレスイドである。

スワンガン伯爵家は貴族派には属さないが由緒ある帝国貴族の血筋である。領地経営も順調で、潤沢な資金に恵まれている。水防工事とナリスとの街道整備のために組んだ予算を回せば、たとえ格上の侯爵家といえどもひねりつぶすことはできるはずだ。というか、そのための作戦を立てると心に誓った。

「先に喧嘩を売ってきたのはあちらですもの、こちらは買う側ですわ!!」

「貴様はその好戦的な性格をどうにかしろ。上級貴族が下位をコケにするのは普通のことだ。この場合、仕掛けた時点で喧嘩を売っていることになるだろう」

「だから、迅速に行動して完膚なきまでに叩き潰してくださいとお願いしているではありませんか。相手に余力を残すとさすがに反撃されますからね」

「……末恐ろしいことをさらっと答えるなっ」

話にならない義父は横において、バイレッタは夫を見上げた。

「ねえ、旦那様なら軍人ならではの情報をお持ちでしょう。あの憎きトレスイド家をズタズタにしてやるいい案をお持ちではありませんか？」

「そうですね、軍を一個人が使役することはできませんが。可能な限りどうにかできないか、ぜひ一緒に考えましょう」

前向きに検討してくれる夫に、バイレッタはキラキラしたアメジストの瞳を向けた。いまだかつてこれほど熱の籠もった瞳を夫に向けたことがあるだろうか、というほどの強い眼差《まなざ》しである。

アナルドは上機嫌でにこやかに応じる。

バイレッタが欲しかったのは了承だけなので、こちらも満面の笑みを返すのみだ。

今、すれ違っていた夫婦が一つになったかもしれない。

バイレッタは心の底から喜びを感じた。

「愚か者どもめっ。たかだか縁談一つ断られたからといって、政争をふっかけるんじゃない！」

「縁談？　いったい、どういう状況ですか」

「これを読んでいただければわかりますとも」

バイレッタはアナルドに説明するために握りしめていた手紙を彼に見せつけた。くしゃくしゃになった手紙を無言で広げて、アナルドはざっと目を通す。

「つまりミレイナがトレスイド侯爵家の嫡男につきまとっていると？」

上級貴族らしい持って回ったくどい手紙であるため厚みがある。簡単に要約すると、ミレイナがトレスイド家のデュルクムにつきまとっているが他の令嬢との縁談がまとまったので今後一切の接触を控えるようにとのことだった。

「そんなわけがないでしょう⁉」

バイレッタはぎりっと夫を睨《にら》みつけた。

ミレイナはアナルドの腹違いの妹だ。

蜂蜜を溶かし込んだかのような艶やかな長い金髪にまん丸の水色の瞳は少女らしい瑞々《みずみず》しさでキラキラと輝いている。十六になって社交界デビューした途端に、あちこちの貴族から縁談が舞い込んだ。もちろんバイレッタがプロデュースした渾身《こんしん》のドレスに、本人の愛らしさが遺憾なく発揮された形である。今、思い出しても大満足の一夜だった。

　誰よりも可愛がってきたミレイナの相手となると、条件も厳しくなる。しっかり吟味して誰よりも素晴らしい相手を、とバイレッタは義母のシンシアとともに意気込んだものだ。

　それを台無しにしたのが、トレスイド家のデュルクムである。

「つきまとっていたのはあちらのお坊ちゃまのほうですわ！　デビューした途端に会場からミレイナを連れ去ってバルコニーで二人きりでいたのですよ。そこからの怒濤《どとう》の手紙と贈り物の数々。もちろんデートだって断っても断っても誘ってきて。そんなことをされればミレイナも可哀《かわい》そうになるでしょう。あの子は本当に優しい子ですもの。なのに、うちの可愛いミレイナが絆《ほだ》された途端に手のひらを返してきたのです」

　ある日突然トレスイド侯爵家から、婚約者ができた息子に近づくなと警告文を送ってきたのである。

　気がある素振りを見せて近づいてきて、落とした途端に振るのだから。いっそ清々《すがすが》しいほどの女の敵である。

　そんな男の毒牙に可愛い義妹がやられたのかと思うと、バイレッタは悔しくてたまらない。

「あの小悪魔……人の良さそうな顔をしてとんだペテン師ですわ。今度会ったらお上品な顔を八つ裂きにしてやりますの！」

剣で屠《ほふ》ってもいい。

とにかく怒りに打ち震える。

「こらこら、物騒なことを……だいたい、高位貴族には愛人がいるのが当然だ。愛人として寄越《よこ》せと言わないだけ良識があるだろう」

「ミレイナを愛人にするなんて、それこそ一族末代まで滅ぼしても気が済みませんわっ」

「手紙が届いてからずっとこの有り様だ。お前、これに加担するつもりか？」

「妻からのお願いは、とても貴重なことですからね。名誉でもあります」

間髪いれずに穏やかに答えているアナルドに、バイレッタは満足して何度も頷く。

だが、瞬時にワイナルドは顔色を変えた。

「ば、馬鹿者、簡単に一個人が軍を動かすなどと約束するんじゃない！　貴族派だけでなく軍人派にまで責められるぞ。スワンガン伯爵家を滅ぼすつもりかっ」

「お義父様こそ、謙遜も過ぎればただの嫌みですわよ。たかだか貴族派の一侯爵など恐れるに足らず！　野兎《のうさぎ》相手に獅子《しし》の咆哮《ほうこう》を見せつけてやるのですっ」

「婚家の義父に対して随分な態度だなっ。しかし跳ねっかえりだとは知っておったが、ここまで愚かだとは……なんとかしろ」

胡乱《うろん》な瞳でアナルドに縋《すが》った義父に、彼は平然と答えた。

「ですから、最大限手伝わせていただきますよ」

アナルドは上機嫌でにこやかに応じた。

「お前たち……いったい、家門をなんだと思っとるんだっ!!」

ワイナルドの悲痛な一喝が玄関ホールにこだましたのだった。


ワイナルドが話にならないと怒って玄関ホールから去ったので、家令のドノバンの提案もあり、サロンに移動した。

確かに玄関ホールでいつまでも騒いでいる当主一家というのは外聞もよくない。

静寂が満ちた中で、アナルドがバイレッタに身を寄せた。彼はそっとバイレッタの頬に手を添える。産毛《うぶげ》を撫《な》でるように優しく長い指が動いて、擽《くすぐ》ったい。ほとんど同時に見つめ合った。

吸い込まれそうなエメラルドグリーンの瞳が、熱を込めて光る。

「戦地帰りの息子のために、父が気を利かせてくれましたね」

「絶対違うとわかっているでしょう？」

あの傍若無人な義父が、嫌っている息子にそんな配慮をするはずがない。本気で、バイレッタの暴走を嘆いているだけだ。話にならないと激怒しているだけである。

「今は、トレスイド侯爵家の話をしたいのですが」

「妻を愛《め》でながらでもできますよ」

「そんな片手間ではなく」

「そうですね、失礼しました。しっかり愛でさせていただきます」

にっこりと微笑んで口を寄せた夫に、腕を突っぱねてバイレッタは抗議した。

「そちらではなく、報復計画を考えてください！」

真っ赤になったバイレッタを愛おしげに見つめる夫に、盛大にため息をついてみせる。

義父もアナルドもミレイナのことだというのに、真剣味が足りない。

「戦地から戻ってきて、初めて熱烈に出迎えていただけたので、少し浮かれてしまいました。まさか妹のことだとは思いませんでしたが、妻のお願いを叶えるのは嬉《うれ》しいものですね」

結局やる気があるのかないのか、どちらなのだろうか。

胡乱な視線を向ければ、アナルドはいくつかの計画案を提示する。

さすがは軍で二つ名を持つ中佐である。

綿密な復讐《ふくしゆう》計画が着々と進められる中、悲痛な顔をしたドノバンが来客ですと告げて案内してきたのは件《くだん》の相手――デュルクム・トレスイドである。

「このたびは大変申し訳ありませんでした」

日が傾き始めた頃にやってきた青年が、バイレッタを見て勢いよく頭を下げた。

砂漠を思わせるサンディブロンドの艶やかな髪をやや長めに伸ばし、とろりと蜜を零《こぼ》した茶と黄色が絶妙に混ざったヘーゼル色の瞳、バラ色を思わせる小さな薄い唇。一見愛らしい顔立ちをしているが、少年と青年期の危うい雰囲気を持つ十六歳。ミレイナと同じ年で、今年社交界入りを果たしている。

バイレッタが通っていた帝国一を誇るスタシア高等学院で優秀な成績を残しているほどの秀才で、なおかつトレスイド侯爵家の嫡男である。もちろん学院で優遇されるほどの高位貴族であるので優秀さの真贋《しんがん》は怪しい。けれど、彼は行政府の監査部に所属している。

通常、旧帝国貴族派はギーレルル議長が率いる立法府に所属する。それをわざわざ試験を受けてまで行政府に進んだというだけで、異色だ。

ギーレル議長の意向なのかどうかは聞いたことはないが、頭の切れる変わり者であることは間違いがない。

ミレイナが初めて参加した夜会で、話していた時から警戒はしていた。

軍人ではあるが旧帝国貴族の血筋であるスワンガン伯爵家を貴族派が狙っていることは知っている。あの手この手で仕掛けてきているのだから。今まではどちらかといえば貶《おとし》めようとしていたが、今回は取り込む作戦かとさえ疑った。

なぜならトレスイド侯爵家は貴族派の御三家と呼ばれるほどの家柄だ。

議会での発言権も大きい。

だが純粋に彼がミレイナに恋をしたというのであればと目をつぶった。義妹の可憐《かれん》さは、誰よりもバイレッタがわかっている。その魅力にはたとえ敵対していたとしても抗《あらが》えないと納得してしまうほどだ。何よりミレイナが彼に惹《ひ》かれていくのを傍《はた》で見ていたのだから。

今はその時の自分の判断を激しく後悔しているが。

バイレッタは立ち上がると、少しだけ背の高いデュルクムを傲然と見つめた。

「おめおめと私の前に顔を出したことは褒めてあげるわ。さあ剣の錆《さび》になるか、それとも火あぶりで消し炭になるか、どちらがお望みかしら」

「レタ義姉様《ねえさま》が、お怒りなのは重々承知しておりますが……」

デュルクムは心底困ったと言いたげに美しい眉をへにょりと曲げて、声を震わせる。可憐な美貌に社交界の紳士淑女は見惚れているともっぱらの噂だ。少年の頃から彼の美しさ、愛らしさは評判だったのだから。

けれど、バイレッタが心から可愛いと心酔しているのはミレイナである。

心根の美しい義妹を溺愛していると言っても過言ではない。

誰も彼もがデュルクムの姿を見て、瞬時に許してしまいそうになってもバイレッタには一切効果がない。

そもそもデュルクムは強《したた》かな青年であるとバイレッタは認識している。本物の心根の優しいミレイナと並べれば、すぐに気づけるほどだ。

尚更《なおさら》、絆されることはない。

「もう貴方など未来の義弟《おとうと》でもなんでもない、単なる高慢ちきな侯爵家の跡取りですもの。そんなふうに義姉《あね》などと呼ばないでいただきたいわ」

「婚約は父が先走りました。僕の意思ではないのです。ですから、一目彼女に会わせてくだ――」

「ああら、なぜミレイナに会う必要があるというの。あのような仕打ちを謝られたところで、あの子は悲しむだけですわ。もう金輪際、あの子の前には現れないでくださいな。もちろん、物理的に不可能になることは決定ですけれど！」

絶対にミレイナに会わせるものか。

未来永劫《えいごう》、バイレッタの全身全霊をかけて誓ったのだ。

あのミレイナが涙を零した時に！

「あの、スワンガン夫人のお怒りはごもっともですので……」

「当たり前でしょうっ。貴方の性根を見抜けなかった。その上、可愛いあの子が泣き崩れて臥《ふ》せっているのに、そんな事態になるまで何もできなかった私自身の不甲斐なさを嘆いているところよっ」

「ミレイナが……」

デュルクムもなぜかショックを受けたように青ざめたが、バイレッタの怒りは別のところにある。

「金輪際、気安くあの子の名前を呼ばないで！」

バイレッタが叫べば、大きな腕が優しくバイレッタを後ろから抱きしめた。

「貴女《あなた》が妹を大事に思っているのはわかりましたが、少し深呼吸が必要です。綿密な抹殺計画は順調ですからね」

「旦那様……」

振り返れば、気遣うようなエメラルドグリーンの瞳とぶつかって、バイレッタは言われた通りに深く息を吸い込んだ。

まるでバイレッタの頭の中を読んだかのようなタイミングの良さに、普段の彼を忘れてころっと騙されそうになる。いや、先ほども夫の思考回路についていけなかったばかりだ。

たまたまだろうと、縋りそうになるのを必死に留める。

「戦地から、お帰りになっておられたのですね」

デュルクムはバイレッタの肩越しにアナルドを見つめて、頭を下げた。

「申し遅れました。お初にお目にかかります、デュルクム・トレスイドと申します。ところで抹殺計画とは、まさか僕のことですか……？」

アナルドを前に、デュルクムは困った様子を崩すことはなく、言葉をかける。

大抵の者はアナルドの雰囲気に呑まれて戸惑ってしまうというのに堂々としたものだ。デュルクムが只者《ただもの》ではないとより一層強く思う。

特に今、アナルドは不機嫌さを隠しもせずに、デュルクムを睨みつけている。

整った顔立ちの軍人の氷のような怜悧《れいり》な眼差しは、以前にも侯爵家嫡男であるエミリオをあっさりと撃退したほどの威力があるのだ。

「そうですね。ミレイナのことはともかく、妻をここまで悲しませた人間を放置するほど、俺は甘い性格ではありませんから」

アナルドの言葉に引っ掛かりはするものの、ひとまず聞き流すことにした。

デュルクムもアナルドの噂は聞いていたようで、納得したように乾いた笑い声をあげる。

「……はは、お噂はかねがね聞き及んでおりますが、本当に奥様とは仲がよろしいのですね」

「もちろんです」

なぜかアナルドの機嫌が上向いた。

デュルクムの言葉のどこにそんな喜ばしい要素があったのだろうか。

まったく理解できないが、バイレッタは瞬時に忠告する。

「旦那様、騙されてはなりません。彼は行政府の中でもとりわけ優秀な者が集まるという監査部の人間ですから、恐ろしく口が回るのです」

「人聞きが悪いですね。商人には敵《かな》わないといつも言っていますよね？」

にこやかに微笑んだデュルクムを、バイレッタは睨みつける。

「ごねる相手を説き伏せるのも、力づくで説得するのもお手のものでしょう？」

「監査に説得力など必要ありませんよ。担当が違いますね」

可愛らしい顔をして擬態しているけれど、しれっとバイレッタに答える姿はしたたかだ。

「話を運びやすいように口添えしているとの噂は聞いておりますが。随分と重宝されているらしいですわね」

「夫人ほどの華やかな活躍はありませんよ？」

こてんと首を傾げる姿は庇護欲を誘う。あまりのあざとさに、バイレッタの怒りは再燃する。

これにミレイナがやられたのかと思うとますます腹立たしい。

純粋培養の可愛い義妹に小悪魔の誘惑など跳ねのける力があるはずもないのに！

「しかし、ここで夫人と話している間に、彼女に一言謝らせてください。今回のことは父が勝手に話を進めたのです。僕も聞かされたのは数日前になりまして、婚約の話自体を白紙にするように求めています。そちらの対応に手間取っている間に、こちらに一方的に父が手紙を送りつけたことを知ったのです。慌ててこうして謝罪にやってきたのですから、一目だけでも会わせていただけませんか」

「白々しい。謝罪したところで、侯爵のご意向ならば状況は変わりませんよね。ご令嬢との婚約がお決まりになったので、つきまとうなとまで告げられたのですよ。よほどスワンガン伯爵家よりも魅力的なお家柄なのでしょう」

「家柄は関係ありません。僕の相手はミレイナ以外には考えておりませんから。父はどうしても聞き入れてはくれませんが、説得はしております。お相手は旧ゲッフェ王国の姫ですが、そもそもこの婚姻は先方というかご本人からも断られているのです」

目を伏せて悲しげに長いまつ毛を震わせる青年を、バイレッタは絶対零度の眼差しで見つめる。

「まあ、断られているからミレイナで手を打つとおっしゃる？」

デュルクムの言いぐさに、バイレッタの柳眉が上がる。

けれど、彼はすぐに否定した。

「違いますよ。ミレイナを愛しているから、他の女性はいりません。ですが、相手も僕と同じ状況ではありません。だから、婚約自体が決まったわけでもないですし、相手からも断られているのです。そうですね、彼女のことは、スワンガン中佐殿のほうが僕よりご存じかと思われますが」

「俺ですか？」

アナルドが不思議そうに首を傾げ、ゲッフェ王国について話し出す。

「ゲッフェと言えば、南部戦線の時に隣国に加担した小国ですね。終盤に潰した覚えはありますが。国王の抵抗もさほど強くなく、処刑した後、今は軍の統治下にあると聞いていています」

「いえ、その統治権は貴族派に移ったと帝都新聞の記事に出ていましたよ」

アナルドの情報に、バイレッタは訂正を入れた。

南部戦線は南に位置する隣国から戦を仕掛けられ八年の歳月をかけて停戦に持ち込んだ大きな戦だった。その際に、ガイハンダー帝国はいくつかの小国を滅ぼし併合している。ゲッフェ王国は国王を失脚させた後に帝国軍が占領し自治を行っていたはずだが、いつの間にか貴族派が関わり自治権を主張し出した。

現在は姫の婚姻相手が自治権を与えられると帝都新聞に載っていたのを見た覚えがある。

アナルドは戦地に行っていたから、貴族派に姫が奪われたという情報を知らなかったのだろう。

その相手にデュルクムが選ばれたということか。

だが、デュルクムは意地悪く瞳を眇《すが》めた。これまでの殊勝な態度がまるで嘘《うそ》のように。急にはっきりとした口調で告げる。

「おや、中佐殿のほうがとぼけるのがお上手ですね。彼女——ティファニア様は貴方の妻でしょうに」

「は？」

珍しくアナルドが間の抜けた声を上げた。

デュルクムの口ぶりから嘘なのか本当なのか判断がつきかねた。口元には微笑も浮かんでいる。それが自信ありげに見えるため、やや信憑性《しんぴょうせい》が増す。

横目で夫を眺めれば、彼は純粋に驚いているように見えた。

だがデュルクムは構わずに続ける。

「帝国法では重婚は禁止されていますが、小国の法を適応されたのですかね。春宵姫と呼ばれるだけあって儚げな風情を漂わせて、彼女は必死にすでにアナルド様という夫がいるので婚約などできないと僕にはっきりと告げましたよ。あんなにお可愛らしい妻と美しい夫人と、二人も妻を抱えるとは贅沢《ぜいたく》なことですね」

耳を疑ったバイレッタは、さぞ愕然とした顔をしていたのだろう。デュルクムは同情を込めた一瞥を寄越す。

「どうやら夫人は知らされていなかったようですね。愛しい奥様にも内緒とは……もしかして僕は余計なことを言ってしまいましたか」

デュルクムは困ったように頭を掻《か》いているが、その瞳には鋭い光がある。彼の目的が何かわからないが、少なくともアナルドと良好な関係を築くつもりはなさそうだ。ミレイナに謝罪しに来たと言うわりには、不遜な態度である。そういう裏を勘繰らせる性格が気に食わないのだが、今は告げられた内容を理解するだけで精一杯だ。

アナルドに自分以外の妻がいる――？

「説明していただけますの？」

デュルクムから視線を逸《そ》らす形でアナルドを見やれば、彼はいっそ静謐《せいひつ》なほどの無表情である。

どうやって姫のことを誤魔化すか考えているのだろうか。普段から何を考えているかわからない夫ではあるが、今も表情からは何も窺《うかが》えない。

夫に確認する声を自分で聞きながら、なぜか、バイレッタの胸を痛みが刺す。

無理に聞き出しても自分が苦しむだけだとわかっているのに、聞かずにはいられない。そんな自分を嘲笑《あざわら》いたくなるような心境を抱えて、アナルドの答えを待つ。

別に嫉妬しているわけではない。

決して。

ただ、夫に自分以外の妻がいた事実が裏切られたような、悲しみに似た気持ちを抱かせてひどく頭が痛む。

「……どういうつもりですか」

しばし考え込んだ後、アナルドは鋭い視線をデュルクムに向けた。

彼は気圧《けお》された様子もなく、肩を竦めてみせるだけだ。

「夫人の問いかけにはお答えしなくてよいのですか」

「先に貴方の意図を確認したいのです」

アナルドは静かに告げたが、その言葉には有無を言わさぬ圧が込められている。

「わかりました。ティファニア様は我がトレスイド家に滞在されていますが、僕との婚姻はあり得ません。これ以上ミレイナに誤解されるのも嫌ですから、正式な夫である中佐殿に引き取っていただきたいのです。夫人が知らないようだったら難しいかと思い、今回お伝えさせていただいた次第です」

デュルクムは悪びれもせずに、わざとバイレッタに聞かせたことを白状した。

彼の目的は理解できたが、これまで秘されていた妻を明かされたアナルドの態度は堂々としたものだ。

狼狽《うろた》えられるのも腹立たしいが、あまりに動じない様子もむっとしてしまう。

結局、どんな態度だろうがわだかまりが残るような気もするが無視をした。

「いつも軍が占領した領土を貴族派に取られることへの意趣返しですか。まさか先に婚姻をして軍人が領主になるとは思いませんでしたが」

占領した国の姫の配偶者は必然的に、その土地を治めることになる。帝都新聞にもその旨が記載されていた。それを軍が押さえているのだとしたら、確かに貴族派にとっては面白くないことだろう。

価値ある姫が、アナルドに寄り添う姿が思い浮かんで、バイレッタは知らず拳を握りしめた。爪が皮膚に刺さるが構うものか。

「夫人との婚姻はカムフラージュですか。軍人派もなかなかしたたかですね？」

デュルクムは憐れむようにバイレッタに告げた。同情などいらないのに、ひどく眩暈《めまい》がする。

「バイレッタ」

アナルドが静かに名を呼び、握りしめたバイレッタの手を取った。拳を開かせると、手のひらに口づける。血の滲《にじ》む皮膚を、彼の形の良い薄い唇が優しく触れるだけ。

だが、バイレッタは自身の手を引ったくるように取り戻した。

「触らないでいただけます？」

手のひらに落ちた熱は、傷を疼《うず》かせ、これまでの二人を思い起こさせる。情熱的に抱かれた力強い腕も、熱いと感じるほどの口づけも、叩き付けられる情欲も。宝石のように輝くエメラルドグリーンの瞳が、熱を孕《はら》んでバイレッタを捉えることを知っていたのに。

何もかもが錯覚だったというのだろうか。

軍人の夫が戦地に行っている八年間、そして戻ってきて厄介な賭けを申し出てきた間の一ヶ月はアナルドに相手がいようと構わなかった。

一緒に過ごした時間が自分を変えたのだと思えば、自嘲するしかない。

けれど、バイレッタの夫の権利を欲したアナルドに、別の妻がいたなんてとんだ笑《わら》い種《ぐさ》だ。

「説明するつもりがないのなら、結構ですわ。これまで隠していた妻が、貴族派である侯爵家にいるのは問題なのではありませんか。早く迎えに行って差し上げては？」

「そうですね、夫に迎えに来ていただければ、姫も喜ぶことでしょう」

バイレッタが言い放てば、デュルクムが大きく頷いた。

どんな方法で婚姻を結んだにしろ、ガイハンダー帝国内で二人の妻を得られるはずがない。つまりどちらかが偽物だ。貴族派に姫との婚姻を悟らせないようにバイレッタとの婚姻を偽装したとするデュルクムの言が正しい。

つまり、偽物の妻はバイレッタということになる。

アナルドと夫婦であると疑ったことなどなかったのに、突然放り込まれた事実に実際に視界はぐるぐると回っている。

アナルドの前で平静で立つことが難しいほどに。

「私は……これで失礼いたします」

「中佐殿!?」

バイレッタが扉に向かえば、一足先にアナルドが出入り口への進行を邪魔するように立ち塞がる。突然の行動に、デュルクムが咎《とが》めるように声を上げた。

だがアナルドはバイレッタが押しのけようとしてもびくともしない。

細身だがしっかりと筋肉のついた鍛え上げられた肉体を持つアナルドはどくつもりがないようだ。

「逃げるのですか」

投げかけられた言葉に、負けず嫌いのバイレッタの柳眉が跳ね上がる。

喧嘩を売られている？

わざと自分を怒らせてこれ以上不快にさせて夫は何がしたいのだろうか。

「はあ？　ここに留まって貴方の言い訳を聞くことが最良とは思わないだけです」

それとも詰《なじ》ってほしいのか？

バイレッタがアナルドの言葉の続きを視線で促せば、彼は淀《よど》みなく答える。

「説明が欲しいならできますよ」

ならばさっさとすればいいだろうに。

バイレッタは不快になって眉根を寄せた。思わず睨みつけた形になったけれど、アナルドはいつもの無表情で見下ろしてくる。

夫の感情が読めないのは普段通り。

ただ、無性に腹が立つだけだ。

だが、バイレッタの心情を無視してアナルドはさらりと告げた。

「俺の可愛い妻の話ですよね」

「――聞きたくもないわっ」

バイレッタ以外の妻がいた経緯の説明ではなく、なぜここで亡国の姫自身の話を聞かなければならないのか。

アナルドのもう一人の妻は可愛いとデュルクムが話していた。容姿が優れた一国の姫であり利権も絡んでいるのなら、さっさと迎えに行けばいいのだ。

拒絶の言葉は本心だが、喧嘩腰で返した言葉に深い意味はなかった。怒りに薪《まき》をくべたようなただの弾みだったけれど、その言葉を選んだ時点でしまったと顔を顰《しか》める。

だからこれ以上一緒にいたくなかったのに。

自分の可愛げのなさなど見せつけられたくない。

バイレッタの自尊心が許さない。けれど、言葉は続けられなかった。

アナルドが強引にバイレッタの唇を自身のそれで塞いだからだ。

「ふうっ……ん」

開いていた隙間を逃さず入り込んだアナルドの舌がバイレッタの口内を蹂躙《じゅうりん》していく。思わず逃げ腰になったが、アナルドの逞《たくま》しい腕が先に拘束していた。

感じたことのない息苦しさに、アナルドの胸を強く叩く。

デュルクムが息を呑む気配を感じた。他人がいる前で、なんて暴挙に出るのだ。怒りと羞恥がない交ぜになってバイレッタを襲う。

けれど、身を捩《よじ》っても余裕のない腕がさらに絡みついただけだった。

「あ、んんっ」

濡《ぬ》れたリップ音とともに離れた唇が、再度深く重なる。荒々しくなった後頭部に添えられた手のひらは大きく、バイレッタの小さな頭など簡単に押さえ込んでしまう。酸素を求めて喘《あえ》げば、ひどく甘い声になった。

ぞくりと背筋に走った震えは淫靡《いんび》な快感だ。すっかり慣らされた体に、腹立たしく思う。忌々しいことにしばらく離れていたからこそ、普段の何倍も感じてしまうのかもしれない。

何度も繰り返されて、執拗《しつよう》に口づけを受ける。それだけで体から力が抜けていく。巻き付くアナルドの腕に縋っているように、立たせてもらっている状態だ。

理屈でなく、体に覚え込まされている。抵抗の意志など、なかったかのように。自分の体なのにまるで他人のように感じる。こんな自分が信じられない上に嫌悪すら覚えた。

悔しくなってバイレッタは、力を奮って必死にアナルドの腕の中で暴れた。アナルドのこめかみに赤い筋が走る。バイレッタの爪が、彼の皮膚を裂いたのだ。

「何を……、人前ですよっ」

「わからず屋に、教えているのですが」

バイレッタの怒りを押し込めた声音は震えている。アナルドは自身のこめかみを指で拭って血を確認すると冷めた声音で告げた。

「どちらが！　さっさと本当の妻を迎えに行けばいいと言っているではありませんか」

嫌がらせをして、留まっているのはアナルドのほうだ。だというのにわからず屋とはどういうことだ。

バイレッタの明確な拒絶に、アナルドは目を瞠《みは》って顔を顰めた。

「なるほど。貴女は本当に浅はかだ」

「なんですって？」

アナルドがつぶやくように告げた言葉に、瞬時に怒りが湧く。

引き留めたのは彼のほうだというのに、本人を前にして悪口とは！

ねめつければ、なぜか彼も顔をこわばらせていた。

「知っていますか。図星を指されると相手は簡単に怒るのですよ」

激高するバイレッタを見つめ満足げに微笑む様は、どこか冷酷そうに見えた。

噂通りの冷酷無比な『戦場の灰色狐』――アナルド・スワンガン中佐。

不機嫌さを抑えつけているせいか、バイレッタの項《うなじ》が久しぶりにピリピリとする。

出会った時の深夜の夫婦の寝室を不意に思い出して、顔を顰める。

だというのに、アナルドは構わずに続けた。

あの夜と同じように、いっそ傲慢に、一方的に――。

「貴女が一国の姫が俺の本当の妻だと言うのなら、賭けをしませんか？」

「馬鹿げていますわ。賭けなどで遊んでいる場合ではありませんよね」

帝国歌劇のようにさっさと貴族派に囚《とら》われた姫を救い出してくればいいではないか。

なぜバイレッタを巻き込むのだ。

「加害者は、被害者のささいな願いを聞くものでは？」

アナルドは自身のこめかみについた傷を示して、告げた。

そんな小さな傷など気にしないだろうと言いたいが、実際にバイレッタが傷つけたのは確かだ。

ぐっと黙り込んで睨みつければ、アナルドはふっと息を吐いた。

「了承ということでよろしいですね。それに気を紛らわせないと……」

いつもの冷静であろうとする彼の中に燻《くすぶ》っている憤りを感じて、不信感が募る。

彼はいったい何を誤魔化そうとしているのか。

他に妻がいることを黙っていたことか、それともやはりバイレッタが正式な妻でないということか。

「いえ、なんでもありません。では、行きましょうか」

「え、ちょっと待ってください。僕はまだ、話が……ミレイナに会っていないのですが！」

茫然《ぼうぜん》と成り行きを見守っていたデュルクムがはっとして叫んだ。

「今日は諦めてください。ここに置いていくわけがないでしょう。ほら、さっさと行きますよ」

アナルドはそう告げると、抵抗するデュルクムの肩を摑《つか》んで引きずるように部屋を出ていった。放してくださいと必死に懇願する声が閉じられた扉越しにも聞こえるほど、廊下にこだましている。

バイレッタは一人残された部屋で、ただ茫然と佇《たたず》む。

アナルドがデュルクムを連れていったのはなぜだ。トレスイド家にいる姫に会いに行ったのだろうか。

今回のことで自分に非があるのかと問えば、すぐに「いいえ」と答えるのに。

悪いのはどう考えても現地妻のことを隠していたアナルドだとわかっているのに。

どこかバイレッタ自身を責める声もする。意地ばかり張って可愛げがないから、こうして裏切られる。いつまで経《た》っても自分に自信が持てなくて、愛していると告げてくれたアナルドに、今は猜疑心《さいぎしん》しか抱けない。

渦巻くのは後悔に似た何かだが、それを見極める勇気がない。

きっと知ってしまったら、バイレッタは動けなくなってしまうから。無様な未来しか想像できないから。

だから、渦巻く感情を振り切るようにサロンを飛び出したのだった。


バイレッタがミレイナの部屋へ向かおうと玄関ホールの前を通りかかるとなぜか騒がしい。ホール中に響くほどの声量で、女が甲高い声を上げていたのだ。

時間はすでに夕暮れ時だというのに、予定のない来客ということだろうか。こんな時間にやってくるとは珍しいが、揉《も》める要素に心当たりがない。

「ですから、そのような方は存じ上げません」

困惑したようなドノバンの声が聞こえて、咄嗟《とっさ》にバイレッタは足早に向かう。

「どうしたの？」

「若奥様、申し訳ありません。見知らぬ女性が、なぜか自分こそがスワンガン伯爵家の奥様だとおっしゃって押しかけてきまして」

「ええ？　お義父様の……」

まさかワイナルドの愛人か？

まったくデュルクムといい、アナルドといい、いったい今日はなんなのだろう。

その上、ワイナルドまでだなんて。

呆れながらも、義父の愛人であるなら不愉快というよりは好奇心が湧く。

義母のシンシアは後妻だが、ワイナルドに愛情があるわけではないようだ。ただ実家の借金のかたに売られたようなもので、戻る家もないのでスワンガン伯爵家にいる。ミレイナを生んで用は済んだと言わんばかりに適当な社交をして優雅に伯爵夫人を謳《おう》歌《か》しているのだが、まさかここにきて修羅場とは。

そんな強者《つわもの》の顔を見たさに、バイレッタはドノバンの陰になってしまった女性を覗《のぞ》き込んだ。

線の細い女が伏し目がちにバイレッタを見つめ、控えめに微笑む。見事な金髪を持ち魅惑的な緑色の瞳を持つ彼女は、春芽吹く新緑の頃を思わせた。

「なんてこと、お義父様ってば高望み……」

随分と若いだけでなく儚げな女性を愛人にするだなんて、物凄《ものすご》く理想が高い。

あの年で、お盛んなことではあるが、もしやアナルド以外の嫡男が欲しくなったのか？

仲が良いのか悪いのかよくわからない親子を思い浮かべながら、バイレッタはどうしたものかと考える。

「儂がなんだ？」

ちょうど通りかかったワイナルドをバイレッタは振り返った。

「お義父様、愛人の方が屋敷に押しかけてきているようですわよ。ドノバンももう高齢ですから、揉め事はなるべく避けてあげてくださいな」

「あ、愛人だと⁉」

なぜ、それほど驚くのだ。

もしや隠していたかったのがばれて焦っているのだろうか。

帝国貴族が愛人を持つことは一般的だ。政略結婚が多いので、大っぴらにはしないが、いつまでも正妻一人というほうが珍しい。ワイナルドは軍人だったので、貴族派とは感覚が違うのかと思っていたが、隠すことはないのだ。

「確かに、ミレイナの婚約が流れた時にトレスイド侯爵家の肩を持つなと思いましたが、まさかご自身が愛人をお持ちでいらしたなんて。先に言ってくだされぱよかったのに」

　だが、玄関にいる少女を見ればワイナルドが渋った理由は明白だ。

「お義父様、年若い愛人をお持ちで見栄《みえ》っ張りがばれて恥ずかしいかもしれませんが、ここはひとまず宥《なだ》めて帰ってもらっては？」

「見栄だとっ？　いや、だから、儂は……」

「あら、旦那様。こんなところでどうされたのです？」

　騒ぎを聞きつけてシンシアまで玄関ホールに現れた。

　これは本当に修羅場の予感しかない。

　いや、シンシアは面白がって、お二人でお好きにどうぞと勧めるかもしれない。

　とにかくドノバンが対応に困りそうなので、バイレッタも見守ることにした。

「お義母様《かあさま》、お義父様の愛人が押しかけてこられたそうです」

「ええ!?」

　なぜか少し嬉しそうな声を上げたシンシアに、ワイナルドが胡乱な視線を向けている。

「待て、お前までなんだ。儂にはそんなものはおらんっ」

「そんな照れなくても……いいんですよ。どうぞ、このまま部屋に籠もっていただいて」

「あ、それは困ります。今日は確か領地から報告書が届いたはずですから。先にお義父様に見ていただかなければ。それが終われば自由にされて、構いませんが」

バイレッタが思わず声をかければ、ワイナルドは顔を真っ赤にしてがなり立てた。

「なぜ、儂が貴様の指図を受けねばならんのだっ」

「怒るところがそこでよろしいの？　てっきり愛人との逢瀬《おうせ》を邪魔されたとおっしゃられるのかと……」

バイレッタがからかえば、ワイナルドはさらに声を荒らげて強く否定した。

「だから、儂には愛人はおらんっ」

「じゃあ、彼女は何者なんです」

バイレッタが困惑した瞳を向ければ、玄関に佇んでいた女はぺこりと頭を下げた。

「初めまして、スワンガン伯爵家の皆様。お目にかかれて光栄でございます、アナルド様の妻のティファニアでございます。まさか先代伯爵様がご滞在しておられたとは知らず伯爵の奥方などとお伝えしてしまい申し訳ありません」

ワイナルドが先代になって、アナルドが当主になっていると思っていたのか。

確かにワイナルドの年齢を考えれば妥当かもしれない。

というか、ティファニアという名前はデュルクムが話していた旧ゲッフェ王国の姫の名前では。つまり、アナルドの現地妻だ。彼女もアナルドの妻と言っているではないか。
なぜ、スワンガン伯爵家にいるの⁉
デュルクムのところにいるはずでは。そもそもアナルドが迎えに行ったはずだが、
ここに単身でいるということはすれ違ったのか。なんとも間の悪いことではあるが、
自分が会う道理はない。
バイレッタの思考は一瞬でそこまで辿《たど》り着《つ》いた。自身の勘違いを悟って、ワイナル
ドのほうを窺い見て、そしてそっと視線を外した。
「ドノバン、アナルド様が彼女を迎えに行くつもりで出ていったようなのよ。知らせ
てあげてちょうだい。私はミレイナの部屋へ行く途中だったの。あんまり遅くなると
あの子が心配するから――」
意訳すれば、後のことはよろしくである。
義父の愛人だと勘違いしたことは申し訳ないが、バイレッタがアナルドの妻である
ティファニアに対峙するのは気まずい。先ほどアナルドに正式な妻がいたことを知っ
たばかりで、動揺もしている。
もちろん、ドノバンの顔は真っ青だ。

シンシアはあらあらと口を押さえて静かに成り行きを見守っている。

知っている。あの口は絶対に笑みを浮かべているはずだ。

シンシアはわりと面白いことが大好きなお茶目なところがある。義母のそんな性格をバイレッタは好ましく思っているけれど、今は少し困る。ぜひとも助け舟を出してほしい。

「それで、儂の愛人がなんだと……？」

バイレッタが予想した通り、ワイナルドの低い低い声が玄関ホールにおどろおどろしく響き渡った。

怒れる義父から必死に視線を逸らしていれば、ばっちりティファニアと視線が合う。

「あら、貴女がミレイナ？　私は、アナルド様の妻なの。仲良くしてくれると嬉しいわ」

にこにこと微笑むティファニアに、バイレッタは戸惑った。

「いえ、ミレイナではありません」

ここで、彼女にバイレッタが何者であると伝えるべきか。

先ほどまではアナルドの妻であったはずだが、今はその自信もない。肝心のアナルドがティファニアを迎えに行ったとすれば、尚更に。

瞬時に迷えば、シンシアがバイレッタに目配せした。

「アナルドさんの妻？」

躊躇《ためら》いながら小さく頷けば、にこやかな笑みをティファニアに向けた。

修羅場の匂いを嗅ぎつけて、いかにも楽しそうである。

「あら、ミレイナは部屋にいるわ。彼女はアナルドさんの妻のバイレッタよ」

「……お義母様」

「バイレッタ？」

バイレッタがシンシアを見やれば、ティファニアは一瞬瞳を眇めた。鋭い視線は、すぐにバイレッタの名前を確認して、不思議そうに瞬《しばた》く。先ほどの鋭さなど、微塵も感じさせない。けれど、敏感にバイレッタは憎悪を込めた敵意を感じた。

だが、何度見ても今は可憐な少女が立っているだけだ。

「アナルド様には二人も妹がいたのね。知らなくてごめんなさい」

「え？」

妻という言葉が聞こえなかったかのように、彼女は申し訳なさそうにバイレッタを見つめた。

「こうして戦地からアナルド様が戻られたのだもの。私もここに住んでもいいでしょう。私のほうが少し年齢が下になるのかしら。でも義姉《あね》としてこれから仲良くしてね、バイレッタ」

「いえ、アナルド様は――」

「お兄様を名前で呼んでいるの？　ふふ、仲がいいのね。あれほど素敵な兄なら当然憧れるわよね」

いいえ、実の妹であるミレイナはアナルドに相当に噛みついていますが。

そんなミレイナの姿も微笑ましいとバイレッタは思っているけれど。

ティファニアが想像しているような仲の良さはないとだけはきっぱりと断言できる。

「お義母様もふつつかものではございますが、よろしくお願いいたしますわ」

「あらあら。義娘《むすめ》が二人もできたことになるのかしら。アナルドさんは幸せ者ね」

「お義母様……」

バイレッタが面白がるシンシアに呆れていると、成り行きを見守っていたワイナルドが苛立《いらだ》たしげに口を開いた。

「馬鹿者、わけのわからんことを言っていないで、さっさと追い出せっ」

「きゃあ、お義父様。先ほどは勘違いをして申し訳ありませんでした。初めましてティファニアと申します。さすがスワンガン伯爵家のご当主ですね、貫禄があって素敵ですわ」

ワイナルドが怒鳴った途端に、ティファニアがはしゃいだ声を上げた。

すかさず義父の顔を覗き込んで、にこにこしている。

「な、なんだと……」

「突然押しかけてしまって申し訳ありません。でもアナルド様が帝都に戻っていらしてるとお聞きして一刻も早く出迎えなければと考えましたの。お義父様はアナルド様が戦地にいる間も領地をおひとりで支えてこられたのですもの。スワンガン領が大領地であることは聞き及んでおりますわ。私、お義父様の手腕に感動しておりますのよ。そんな優秀な領主であるお義父様には、ぜひ仲良くしていただきたいわ」

「あ、ああ」

ティファニアがキラキラした瞳を義父に向けて、詰め寄る。

ワイナルドはまんざらでもなさそうに、鷹揚《おうよう》に頷いたではないか。

先ほどまで不機嫌だったくせに。しかも領地経営などバイレッタが嫁いだ当初は放置していたくせに。

「あらあら、まあまあ」

「お義父様、ちょっと話をややこしくしないでくださらない？」

シンシアが、意味のない相槌《あいづち》を打っている。絶対に面白がっているのが明らかだ。

バイレッタは頭が痛くなってきて、思わず強い口調で告げワイナルドを軽く睨みつける。

「はあ？　儂は何もしとらんだろうがっ」

「お義父様はお声も素敵なのですね。威厳があるのに、思わず聞《き》き惚《ほ》れてしまいます」

「そ、そうか？」

ワイナルドの声が若干上ずっている。

なぜ、そんなにやに下がっているのだ。

「ん、んん。まあ、なんだか知らんが滞在するのは構わん。おい、部屋を用意してやれ」

ワイナルドがバイレッタの批難めいた視線を無視して咳払《せきばら》い一つすると、威厳たっぷりに命じる。

シンシアが仕方がないと言いたげに動いた。

「私が行きますわ」

メイドを探して、部屋を整えさせるのだろう。

「では、儂は仕事があるからな！」

なぜか声高に叫んだワイナルドは意気揚々と執務室へと向かう。

その背中を見送ってバイレッタは胡乱な視線を投げかけた。

あれほど単純な男だっただろうか。

バイレッタが初めて婚家に嫁いできたときと態度が全く違うのだが。

「ふふ、チョロいわねぇ。あんな間抜けな男が、当主だなんて。さっさとアナルド様に代替わりすればいいのに……」

不穏なつぶやきが聞こえて、バイレッタはぎょっとしてティファニアを振り返った。

ドノバンも聞いていたのだろう、唖然《あぜん》として小柄な姫を見つめている。

なまじ容姿が儚げなのもいただけない。

あんな低い声がどこから出るのかと疑いたくなるほどだ。

「ま、間抜け……？　旦那様はそれなりに立派な方で……」

「それとなく滲《にじ》み出《で》ているのかもしれませんね。日頃の行いではありませんか？」

息子の嫁に領主の仕事を押し付けているのだから。

先ほどの件を根に持っているわけではないけれど、釈然としない気持ちを抱えてバイレッタは思わず溢《こぼ》してしまう。

「若奥様……せめて、もう少しフォローらしいフォローを……」

聞きつけたドノバンが呆れて短く息を吐いた。

そういう彼だって少しもフォローになっていないような気もするが。

先ほどまでの可愛らしさもすっかり放り投げて、ティファニアは腰に手を当ててバイレッタを睨みつけた。

「それで、貴女がアナルド様の妻ですって？」

「妹だと思われたのでは？」

「そんなわけないじゃない。ちゃんと聞こえていたわ」

つまり、聞き間違ったことも、義父を褒めたことも、すべて演技ということか。

バイレッタの頭の先からつま先までをじろじろと眺めて、ティファニアはふんと鼻で笑う。

「年増女が、本気でアナルド様に愛されているとでも？　勘違いも甚だしいし、痛々しいわ。アナルド様の憐れみを誘うためだとしたら、滑稽だから今すぐやめることをお勧めするわよ。貴女、たかだか子爵家の出なんですってね。まさか若くて可愛らしい一国の姫に勝てるとでも思っているの」

「…………は？」

一瞬、言われた意味がわからなくてバイレッタは固まった。

ドノバンがおろおろしていることだけは目の端に捉えている。誰かが取り乱してくれると落ち着くものだ。

「だって貴女いくつなの。三十はいってるでしょ。私は十六だもの、断然若いのよ。見てみなさい、肌の艶も輝きも別物だから。それにとっても可愛いでしょ。国では『春宵姫』と呼ばれていたほどなのよ。ただの子爵家の娘なんて相手にならないのがわかるでしょう？」

なぜそんな年上に見られたのかはわからないが、正確な数字を告げたところで変わらないと一蹴されるか、やっぱり年齢を気にしているのかと嘲笑われる未来しか浮かばない。

ぐっと黙り込んだバイレッタに、ティファニアは構わずに続ける。

「アナルド様は私に優しく微笑んでくださるの。可愛いと愛していると戦地から手紙も何通も送られてきたわ。貴女には一通もないのでしょう？　それなのに伯爵家でよく大きな顔ができたわね。やっぱり年を重ねると女はふてぶてしくなるというから？　図々《ずうずう》しい上に恥知らずなのね。碌《ろく》な女じゃないわ。アナルド様がお可哀そうよ。私が来たからには貴女なんて用済みよ。地位も名誉も一国の財宝だって与えられるのだから。さっさとこの家を出ていったほうがいいんじゃない？」

一国の姫らしく尊大な態度を隠しもしない。

先ほどまで義父や義母に見せていた儚げな雰囲気など少しも感じさせない好戦的で蔑みの眼差しに、バイレッタはにっこりと笑みを浮かべた。

確かにとても可愛らしい。彼女の指摘通り自分は子爵家の出で、姫に比べれば立場も低い。南部戦線にアナルドが派遣されていた間には手紙など一通も届かなかった。

バイレッタに勝てる要素は一つもない。

だとしても。

多少、自身の額に青筋立てていようが構うものか。

売られた喧嘩は断固として買うものだ！

「若奥様はそのような方では──」

憤るドノバンを片手で制して、バイレッタはティファニアに対峙した。

ストロベリーブロンドの髪をかき上げて、アメジストの瞳を眇めた。

「よく回るお口ですわね。けれど、帝国貴族の淑女たるもの黙して語らずを美徳としますのよ。他国からいらした礼儀のなっていない姫様にはおわかりになられないかもしれませんが」

普段のバイレッタが一を言われれば十を返すことは、もちろん棚上げである。

ティファニアの部屋が整ったと呼びに来たメイドに彼女を任せて、ミレイナの自室にやってくると、義母のシンシアがソファに並んで座って彼女を慰めているところだった。ミレイナの膝の上には一歳半を過ぎたエルメレッタがちょこんと座っている。

空気の読める娘は、ミレイナの膝の上で優しく抱かれながら、泣き暮れる叔母を父親と同じエメラルドグリーンの瞳で見上げている。

「あちらはもうよろしいの？　随分と長く話し込んできたようだけれど」

若くしてワイナルドの後妻になったシンシアはアナルドと年齢がほとんど変わらない。ミレイナと並ぶと姉妹のようで微笑ましくもある。

同じ髪色の二人が揃《そろ》って、やってきたバイレッタに顔を向けるので親子だなと実感した。

ただし、ミレイナの水色の瞳は充血して真っ赤だ。長く泣いていたので当然ではあるが、痛々しい姿にバイレッタの胸も痛む。

義母の言葉を受け、ティファニアとのことだと悟る。

ミレイナの部屋を出る前にはワイナルドに話をつけると言い置いたのだとバイレッタは思い出した。ミレイナはいつまでも戻ってこないバイレッタを心配したのかもしれない。義父と話したにしては確かに長いからだ。

「彼女が来る前に、デュルクム様が来られたので対応しておりました。ご存じでしたか？」

「そうだったの……なら、話が長くなりそうね。お茶を淹《い》れてもらうように頼んでくるわ。ミレイナも喉が渇いたでしょう」

シンシアはバイレッタに目配せしながら、部屋を出ていった。

しばらくは戻ってこないつもりだろう。

まだ涙の止まらないミレイナは、デュルクムの名前を聞くだけで不安そうな顔をした。

バイレッタはソファに腰かけて打ちひしがれているミレイナの横に座った。丁度シンシアと入れ替わる形だ。

「ごめんなさいね、エルメレッタを預けたまま飛び出してしまって。重かったでしょう？」

エルメレッタと遊んでいたバイレッタはミレイナに呼ばれて彼女の自室へと向かっ

たのだ。そして泣いていた義妹から侯爵家から送られた手紙を渡され、怒りのまま義父の執務室に乗り込んでしまった。

なんだか遠い過去のような気もするが、今日の出来事である。

とにかく怒濤の数時間を過ごした。

バイレッタが離れている間、エルメレッタはミレイナが抱っこしてくれていたようだ。

「平気です。エルメレッタはずっと私を慰めてくれていたんですよ。ね、エル？」

エルメレッタも優しい叔母が大好きなようで、いつもおりこうさんにしているからそれほど心配はしていないが子供は意外に重い。ずっと膝の上にいたら、ミレイナが疲れてしまうのではないかと心配になった。

「あい」

エルメレッタがたどたどしく返事をした。それだけで微笑ましく感じるけれど、泣きながらも微笑んでくれるミレイナにエルメレッタは手を伸ばして、彼女の金色の髪を紅葉のようなふくふくした手で優しく撫でた。

「ふふ、ありがとう。それで、お義姉様。デュルクム様は何を？」

「悪い話ではないのよ。デュルクム様は謝罪にいらしたわ」

謝罪と聞いて恋人関係が完全に解消になったと考えたのだろう。ミレイナは真っ青な顔で小さな体を震わせた。

「ごめんなさい、言葉が足りなかったわ。トレスイド侯爵が勝手にしたことでデュルクム様はご存じなかったそうよ。侯爵を止めてなんとか話を白紙に戻すから貴女に謝罪したいと、会わせてほしいとお願いされに来られたの」

「え？」

「そもそもお相手の方からも断られているそうよ。アナルド様の妻なのですって」

「ど、どういうことです？」

困惑げに瞳を揺らすミレイナは、心底バイレッタを案じている。自身の恋人の婚約者ではなかったのだから少しくらい喜んでもいいというのに。

だから、愛しさが増すのだ。娘に向けるような庇護欲を掻き立てられる。

全くもう、他人のことばかり心配するのだから。

バイレッタはそう思うけれど、それがミレイナの性分なのだ。

「お義姉様、それは……お兄様はレタお義姉様と婚姻をされていらっしゃいますよね。なのに、別の妻がいるということですか」

「というかあちらが正式なアナルド様の妻ということらしいの。だから、デュルクム様とは婚約できないと告げられたそうよ」

デュルクムの婚約者がアナルドの妻になっていることを伝えれば、ミレイナは悲しみから一転、バイレッタを見つめてきた。

憂いを含んだ瞳には、義姉を想う気持ちが揺れている。

「なんですって？　――帝国法では重婚は禁止されているではありませんか」

「他国の法を適用したのかもしれないわ。なんせお相手は一国の姫だもの。本当にアナルド様との婚姻は結ばれていると考えるほうが妥当ね。お可愛らしい妻とても評判のようだし……」

評判だけは。

先ほどバイレッタに見せた姿がティファニアの本性だろう。

アナルドとの婚姻が偽物だろうが構うものか。喧嘩を売られたからには応じるしかない。逃げると思われるのは業腹だ。

「お兄様からこれまで説明はなかったのですか」

「聞いたことはないわね」

怒りを見せたミレイナに、思わずバイレッタは安心してしまった。

落ち込んで悲しんでばかりいたので、少し元気になったように思えたからだ。

「それで、お兄様は戦地からいつお戻りになられるのでしょう」

「一度戻ってきたけれど、行き先も告げずに出ていったわ。てっきり可愛い妻のところへ行くと思ったけれど、彼女はここにいるし違うようね」

デュルクムのところに押しかけてティファニアを奪還しに行ったとしたら、すぐに戻ってくるだろうか。それとも、別のところか。

夫の考えなど少しもわからない。

「ちょっと待ってください。一度戻ってきた？　彼女はここにいる？」

「アナルド様は一度屋敷に戻ってきたわ。出ていった後に、ティファニア様が押しかけてきたのよ」

「お義姉様……情報量が多すぎてついていけないのですが？」

「アナルド様が戦地から戻られたと聞いて、姫様はやってきたそうよ。それでお義父様が部屋を用意しろと命じたの」

「なぜそんなことに？　いえ、その前に――レタお義姉様。実際のところ、お兄様はなんと言って出ていったのです？　なぜ、他所の女のところへ行くとお考えになられたのですか」

眼光鋭くミレイナに尋ねられて、思わずバイレッタは焦った。

「戦地帰りですもの。可愛らしい妻に癒やされたいということでしょ」

「はああ⁉」

ミレイナの目がどんどん吊《つ》り上《あ》がっていくので、バイレッタは宥めるしかない。

「ほら、男性は可愛い女性が好みでしょう。旧ゲッフェ王国の姫は『春宵姫』と有名なほど可憐な方らしいから」

一般的な印象でいえば、ティファニアのような女性が好まれるだろう。上手に本性を隠して取り繕っていた彼女のことだ。表面だけ見れば可憐なのは間違いがない。

ミレイナが社交界でモテるように世間受けしそうな好みをバイレッタが告げれば義妹の怒りは爆発した。

「お義姉様に碌な説明もなく、もう一人の妻のところに行くと仄《ほの》めかすなんて最低ですわっ！　その上、そんな女がこの家に入り込んでいるのですか⁉」

「お義父様が許可を与えてしまったから、滞在するのは仕方がないわ」

「なぜ許可なんて与える必要が？　一国の姫とはいえ追い出せばいいのに。それにお兄様もお兄様ですわ。エルメレッタにもお会いになられてはおりませんが」

憤慨するミレイナの膝の上で、エルメレッタはお澄まし顔だ。

戦地に度々赴任するアナルドはエルメレッタにとってみれば、家にいないことが当然だと考えられている。ミレイナとしては家族なのだから、戦地から戻れば少しは子供の傍にいてあげるべきだと思っているようだ。バイレッタとしては、エルメレッタが本当に気にしていないので、どちらでもよいのだが。

バイレッタ自身も軍人一家で育っているので、父親が家にいないことのほうが多かった。慣れたものである。

「まあ、落ち着いて。こちらでも調べてみるし、エルメレッタも気にもしていないわ。ただデュルクム様のことは貴女次第よ、ミレイナ。会いたくないというなら、何度でも追い返してあげるわ」

「お義姉様が守ってくださるなら、安心だわ。けれど、きちんとお会いします。逃げて悲しんでいても、仕方がないとわかったの。次に来られたら呼んでくださる？」

すっかり泣き濡れて腫れ上がった赤い目元から、バイレッタは零れた涙を優しく拭う。

「ミレイナがそう言うのなら。けれど、家族が勝手に取った行動だとしても簡単に彼を許しては駄目よ。貴女を泣かせるような男は、後悔してもし足りないくらいの大罪を犯したのだから」

「ふふ、わかりました。ありがとうございます、レタお義姉様。でも、今回ばかりはお兄様を簡単に許したりなさらないで。こんなお優しく素晴らしいお義姉様を妻にしているというのに他に妻がいたなんて、馬鹿にするにもほどがあります。むしろ離縁状を叩きつけるくらいがちょうどいいのではありませんか」

現状はティファニアのほうが正式な妻である可能性が高いのだが、バイレッタは曖昧に微笑む。純粋に、ミレイナの優しさが嬉しかった。

「叔父様みたいなことを言うのね」

バイレッタが涙を拭った手を頬にあてて、ミレイナは柔らかく微笑んで、勇ましいことを告げてくる。

「それで、その女のところへ案内していただけます？」

「ミレイナ……？」

目を腫らした姿は痛々しいというのに、なぜかその瞳は炯々《けいけい》と光っている。

「愚かな兄の妻は自分だと主張し、乗り込んできて居座っているのですよね？　ぜひ、ご挨拶をさせていただきたいわ」

「ええと、貴女はほら、あんまり顔を合わせないほうがいいのではないかしら……最初はデュルクム様の婚約者候補だった方なのだし」

「もちろん、その件も含めてお話ししたいですわね」

可愛い義妹の目が据わっている。

完全に修羅場待ったなしの案件である。

せっかく嫌みの嵐に一矢報いたところで別れてきたのに、またあれに晒《さら》されるのは避けたい。何よりミレイナに聞かれた途端に、優しい義妹は烈火のごとく怒るだろう。

「あら、今度は二人が揉めているの？」

お茶の用意が整ったのだろう。

ワゴンをメイドに運ばせたシンシアが戻ってきて、バイレッタとミレイナの様子におかしそうに小さく笑った。

「お義母様、ちょっとミレイナを止めてください」

「お母様、どうしてその女を追い出してくれなかったのです⁉」

「あら、そのこと？　だって、こんな時間によそ様のお嬢様を放り出すわけにはいかないわよ。娘を持つ母親としては心配になるものなの。それにエルメレッタだって二人に挟まれて困っているわよ？　いつもは仲良しな二人が喧嘩なんて」

うんうんと頷いているシンシアに呆れつつ、バイレッタはつい愛娘《まなむすめ》に胡乱な視線を向けてしまう。夫にそっくりな性格をしている娘がこんなことで動じるはずはないと理解しているからだ。

「大好きな二人が喧嘩をしていたら悲しいわよね、エルメレッタ？」

「あい」

義母の言葉に愛娘は素直に、こっくりと頷いた。

◆　◆

「あれ、愛しい妻のところに帰ったんじゃなかったの？」

デュルクムとはスワンガン伯爵家を出た途端に、別れた。バイレッタの元に男を置いてくるほど愚かなことをするつもりはない。彼からは盛大な文句を言われたものの、バイレッタが怒っている事実は認めたので諦めて大人しく帰っていった。やってきた馬車を見送って、アナルドは一路、帝都にある軍の中央司令本部に向かった。

予想通り、モヴリスは自身の執務室で仕事をしていた。遊ぶ時には派手に遊ぶ上司ではあるが、今日戦地から戻ってきたばかりで帝都での仕事が溜《た》まっているのだろう。

本来大将にいる地位のある男が、大きな戦争でない限りふらふら戦場にやってくるのはあり得ない。けれど、モヴリスは常にあちこちの戦場に顔を出すのだから、アナルドは高頻度で顔を会わせることになる。

今回も一緒に戻ってきていることは知っていた。

「旧ゲッフェ王国の姫をご存じですね？」

アナルドはやってきた用件を早々に切り出した。

上司の軽口に付き合っている時間はないのだ。

一方的に申し出た賭けではあるものの、放置していい問題ではない。むしろ迅速に片をつけなければ後々厄介な火種になる気がした。

主にアナルドの幸福な結婚生活の。

現状姿すらおぼろげな姫のことなど、本当にどうでもいいのだけれど。

「なんだい、藪《やぶ》から棒に。そんなに焦っているってことはバイレッタに知られたか」

「閣下、ご説明を」

モヴリスが面白そうにくすくすと笑いながら、告げた言葉に確信を持つ。

上司が絶対に何か絡んでいる。

「ええ？　今まで気がつかなかった自分の愚かさを棚上げして僕を責めてくるのは違うんじゃないかな」

「申し訳ありません。自分のことなのに、全く知らないうちに他国に妻がいたことになっていたんですよ。帝国法では重婚が禁止されていると俺に伝えてくださったのは閣下だと記憶しているのですが。まさかその大将閣下自ら、法を破られるとは思ってもみなかったもので動揺しております」

「全く動揺していない無表情で言われても……というか、君はなぜそんなに嬉しそうなの。こめかみのソレ、引っかき傷でしょう。バイレッタにやられたんだろうけどさ」

スワンガン伯爵家を出て、一直線にモヴリスに会いに来た。

戦地から戻って早々に重要な面会予約は入っていないと踏んで、予約も取らずにやってきたことは確かだが、嬉しそうに見えるとしたら理由は一つだけだ。

もちろん、現地妻だなんてふざけた存在は全く関係ない。

「――妻に嫉妬してもらえました……っ」

先ほどまで会話をしていたバイレッタの様子を思い出して反芻《はんすう》する。

怒りを押しとどめるように堪《こら》えるけれど、どうしても自分を抑えることができない。

漏れ出る喜びをどう処理すればいいのかわからない。

戦地帰りで、妻に会ったのは四ヶ月ぶりになる。ただでさえ、興奮しているというのに、あんな妻の姿を見て襲うなというほうが無理だ。

なんだろう、あんなに可愛い妻をどうしろと？

アナルドの理性が悲鳴をあげた。

絶叫と混沌《こんとん》だ。

自分を抑えるのに精一杯で、彼女を気遣う余裕など皆無だった。

バイレッタは普段は冷静で落ち着いていて、アナルドに執着など見せない。気にはかけてもらっていることはわかっているが、どちらかといえば家族に対する親愛だ。

だが、アナルドにバイレッタの他に妻がいると聞いた途端、不快そうに眉を寄せた。怒りをアナルドに理不尽にぶつけないように耐えて、さっさと会話を終わらせ部屋を出ようとした。

話し合いにならないと告げる妻は、怒りを滲ませるだけだった。バイレッタが素直に相手に怒りをぶつけるのは、それだけ気を許してくれているから。理解しすぎるほどに理解しているから、歓喜しか湧かない。

本当にバイレッタはアナルドを愚かにさせる。どこまで、ただの男になり下がれば彼女は満足するのだろう。

意地っ張りで素直じゃない彼女が、純粋に怒ってくれる。まるで愛の告白の代わりのようで、ただその事実がどこまでも嬉しい。

アナルドの中で、バイレッタへの愛しさが爆発した。

賭けでも申し出て無理やりバイレッタから離れなければ、寝室に連れ込んで襲いかかっていた自信がある。そんなことをしようものなら、離婚だと騒がれることは目に見えていたので口づけだけで耐えた。貪りつくした自覚はあるが、なんとか必死で自制した。

冷静にと何度も自分に言い聞かせて、表情を凍りつかせなければ、にやけていた自覚もある。

そんな顔を向けてみろ、全力で逃げ出す可愛い妻の姿しか想像できない。

アナルドの妻は本当に可愛い。何をしても可愛い。

その可愛い妻が間違いなく自分の妻である、とアナルドは信じているし疑ってもいない。ただ証明するとなると、手立てがすぐには思いつかないのも事実だ。

今回の賭けの内容を反芻して、真剣に考え込んでしまう。早まったかと少々後悔するものの賭けでもしていなければ、バイレッタはきっとアナルドを見限るだろう。

なぜなら相手は亡国の姫である。国を失《な》くして頼れるのは帝国軍人の夫だけ。怒りが収まれば、バイレッタが姫に同情する姿は簡単に想像できる。そんな可哀そうな姫を切り捨てられるほど薄情な妻ではない。その上、姫の資産価値は計り知れない。スワンガン伯爵家の収入以上であることは容易《たやす》く想像がつく。

お人よしで他人に甘すぎる商売人の妻が、冷静になって総合的に考えた結果、アナルドと離れると決意してもなんら不思議はない。これまでも、弱い立場の女性を助けてきた実績もある妻なのだから。

むしろ、アナルドの正式な妻は姫であるのだからと言って出ていくだろう。偽物の妻の役割は果たしたとでも思っていそうだ。

その前に手を打つ必要があった。

だからこそ、突拍子もない賭けを申し出た。

しばらくは自分に向けた怒りで誤魔化されてくれればいい。

バイレッタが気づかないうちに、自分は件の姫を処理すればいいのだから。

などと目まぐるしく思考は働かせているが、根幹はバイレッタの可愛さに悶《もだ》えているだけだ。怒りに任せてアナルドのこめかみを引っかいた時の彼女の罪悪感に塗《まみ》れた顔を思い出すだけでもアナルドは喜びで打ち震えてしまうというのに。

「ああ、そうなの。心底どうでもいいんだけどね。とにかく、その腹の立つ顔を引っ込めてくれない？　誠に遺憾ではあるものの、別に君を喜ばせたくて黙っていたわけじゃないんだけどねぇ……」

アナルドの様子に、モヴリスは胡乱な視線を寄越して心の底からの大きなため息をつくと、手紙の束を引き出しから出してアナルドの前に置いた。

「なんです？」

「君のもう一人の妻からの手紙だよ」

思わず不快げに眉を寄せれば、見逃さなかったモヴリスが口角を上げた。

ようやく楽しみを見つけたのだろう。

さすがは悪魔な上司である。

部下の幸福くらい一緒に噛み締めてくれてもいいだろうに。

「ふふ、随分熱烈だよ。ずっと待っているから、戦地から無事に戻ってくださいってさ。あんまりに頻繁に届くから僕も適当に返事を書いたくらいだよ」

モヴリスが書いた手紙の内容など碌でもなさそうだが、基本的にアナルドは興味がない。

「読む価値はありませんね」

「なんだよ、もう一人の君の妻だよ。普通の軍人なら現地妻って憧れじゃない？　皆結構やっているよね。強者だと十人を超えるって話だし」

それはモヴリスを含めた遊び人たちの憧れではないのかと思いながらも別のことを口にする。

一部の軍人たちが騒いでいるだけであって、大半の軍人たちは妻を大事にしている。アナルドの友人だって、部下だってそうだ。

「憧れたことはありませんし、俺の頭の中は常に妻のバイレッタで占められています」

「いや、そんなことをきりっとした顔をして堂々と言われてもね……」

「それに俺の妻はただ一人、バイレッタだけですよ」

「本当に、そうかな？」

モヴリスが意味ありげに微笑むので、アナルドは表情を消した。

これは、いつもの上司の悪ふざけというわけではなさそうだ。

「なるほど。彼女はなんですか」

「なんだ、よくわかっているじゃないか」

モヴリスは意地悪く口の端を上げた。

「常々、僕は思うわけだよ。帝国軍人は軍人でしかるべきだってね。だというのに、貴族派連中はまるで都合のいい駒扱い。まるで遊戯盤の上の駒を進めるように他国を奪ってこいと簡単に命じてくる。奪ってきたら、それを貴族派が取り上げて治める。そこに連中はなんの疑問ももたないわけだ。でもそろそろさ、椅子にふんぞり返って雁首《がんくび》並べている無能な貴族たちに思い知らせてやりたいんだよね」

「そうですか」

「君が政争に興味がないのは本当によくわかっているけどさ。彼女はそのための餌だ。それもとびきりの猛毒だよ。ようやく面白くなってきたんだから、片づけるのはやめてね」

「すでにトレスイド侯爵家には姫の婚姻相手が俺だとばれていますが、つまりそれだけではないということですね」

「ふふふ、それは内緒だ。ばらしたら、面白くないじゃない。ただ、君と姫の婚姻証明書が欲しいというのなら、見せてあげるよ」

自信たっぷりに告げられて、アナルドは冷静に考える。

書類まで用意されている徹底ぶりだ。モヴリスの巧妙さには、いつも感心しかない。ただ頻繁に巻き込まれる側であるアナルドは、それ以上になんとも言えない気持ちになるのも事実で。

「俺とバイレッタの婚姻証明書はありますよね？」

「それを僕に聞くのはお勧めしないよ」

「……閣下が俺たちの仲人のようなものでしたが」

モヴリスがアナルドにバイレッタを紹介したはずだ。

だというのに、なかったことにされているということだろうか。

きっちりとバイレッタだけが妻であると証明するためには、どう考えても姫に別の婚姻相手を作る必要がある。

誰かに押し付けるのが手っ取り早い。

今の一番の有力候補はデュルクム・トレスイドであるがバイレッタからは許可が出ないことはわかっている。ミレイナが何を望んでいるのかはわからないが、現状恋人なのは変わらないのだろう。デュルクムからも拒否されている。

そうなると他の貴族派にあてがうしかない。

だというのにアナルドと姫との婚姻証明書があると、帝国法ではよその男との婚姻は難しい。平民であれば抜け道があって重婚は可能だが、貴族であれば相手の国に問い合わせて戸籍を調べて婚姻関係を結ぶのである。滅んだ国であるなら、今は帝国で戸籍を管理しているはずなので、調べられた時点で突き返されてしまう。

その上モヴリスが仕掛けた毒ということは、貴族派にダメージを与えたいということだ。姫の相手はそれなりの家柄でないと駄目ということだろう。平民をあてがったところで、モヴリスの邪魔が入るのは目に見えている。

上司が政敵をどうにかしたいと思うのは勝手だが、自分を巻き込むのは遠慮してくれないものだろうか。

「何年かけたと思っているの。南部戦線が終わってからもずっと手元で大事に使ってたんだよ。貴族派に取られたとわかっているよね。軍内部にいる貴族派とつながっている裏切り者も探さなきゃならないっていうのに、早々に片づくと思うわけ？」

「それも閣下の作戦のうちでは？」

「君ってば、そこまでわかっていて、片づけようとするなんて悪い部下だなあ。上司の長年の努力を無駄にして楽しいのかい。むしろ、姫の機嫌をとってほしいものだね。簡単に奪われたらそれはそれで問題なんだから」

「…………」

まるで壮大な計画を語っているけれど、どう考えてもモヴリスの計略の一部だ。

全体像を見れば全く別の絵を描いているのはこの上司にはよくあることである。

つまり予定調和だ。すべて彼の手のひらの上で転がされているだけなのに、行動を起こした敵はいったいいつ気がつくのか。

だというのにアナルドが責められているのは理不尽である。

まるで咎めるように口を尖らせた上司を見つめてしまう。

「なんだい随分と反抗的な顔だね？　放っておいたら余計なことをしそうだな。わかった、君はどうしても仕事が欲しいというわけだ」

「姫を貴族派に売った人間を探せということですか」

「それは今じゃないね」

てっきり裏切り者の洗い出しを行えと言ってくるのかと思ったが、そうではなさそうだ。この口ぶりだと裏切り者の見当はついているのだろう。

まだ、他に何かやらなければならないことがあっただろうか。

「帝都では軍人たちが襲われているんだってさ。いつの間にそんな物騒なことになっていたのかは知らないけれど」

先ほどまで読んでいただろう報告書をぴらぴらと振って、モヴリスが息を吐く。

振っている書類にその旨が記載されているのだろう。

「最近の話ですか？」

戦地にいる間には一度もそんな話を聞いたことがなかった。

少し離れていた間に帝都は随分と物騒になったものだ。

「そのようだね。ただし少し不思議な話ではある」

「不思議？」

モヴリスをもってして不思議と言わしめるなど、どんな事象だろう。

首を傾げたアナルドに、モヴリスは執務机の上に置かれた帝都新聞の束を示した。

一番上の新聞の見出しには『謎の襲撃、相次ぐ』と書かれている。

「どうやら、襲った犯人もわからなければ、襲われた被害者もわからないらしい。軍人らしき者が襲われたって目撃情報と、現場に残った血痕だけが犯罪を証明できるんだってさ」

それは不思議というより厄介というのではないだろうか。

アナルドは時間がかかりそうだなと一瞬顔を顰めた。

「戻ってきたら、報告書と新聞が山積みになって無言で僕を迎えていたわけさ。戦地に送るほどではないと思うのなら、勝手に解決してくれればいいのに」

気の利かないことだと肩を竦める上司は、ピッと指をアナルドに突き付けた。

「姫を軍から連れ出して貴族派に売った裏切り者も探さなきゃならないっていうのに、面倒なことだ。つまり僕たちはしばらく帝都勤務を余儀なくされたわけだね。そこで、君にはぜひとも中隊を率いて、討伐に向かってほしい」

上司がすんなりアナルドに会った理由はこれかと納得しつつ、どこかしてやられた感を抱きつつ、頷くことしかできなかった。

とはいえ存在すら知らなかった妻である姫の機嫌をとるよりもよほどましだ。

「もちろん、君が姫を邪険に扱えばバイレッタとの婚姻関係なんてすぐに解消してあげるからね」

バイレッタとの婚姻証明書があるのか聞いた時に勧めないと言ったのは、すでにモヴリスが押さえているからか。つまり、質に取られている。

「……脅しですか？」

「ええ？　親切な忠告だよ。やだなあ、君、ひねくれすぎじゃない？」

眉を下げて困った顔をする上司を、アナルドはため息一つでいなすのだった。

第二章　もう一人の妻

アナルドは結局、昨日のうちにスワンガン伯爵家に戻ってくることがなかった。

何で忙しくしているのか見当もつかないが、バイレッタにはどうでもいいことだ。

もちろん、彼への怒りが解けることはない。

次の日には、バイレッタは自身がオーナーを務める帝都にある洋装店に来ていた。

腕の中にはエルメレッタもいる。

その横にはなぜかティファニアもくっついてきていた。

どうやらアナルドに会いに行くと思ったようだ。何度も違うと言っても聞き入れない。

ちなみに腕の中のエルメレッタには不出来な顔は母譲りだと馬鹿にしただけで終わっている。

これほど可愛い娘に対してと怒りに震えたバイレッタではあるが、それを横でたまたま聞いていたドノバンの怒りのほうが凄《すさ》まじかった。スワンガン伯爵家の者は勤めている者も含めてエルメレッタを溺愛している。主人であるワイナルドを馬鹿にされても苦笑する程度だったのに、あまりの落差にちょっと義父が可哀そうになったのは秘密だ。

結局、ドノバンを宥めているうちに、さっさと玄関ホールを出ていったティファニアを追いかけることになった。

扉を開けて涼やかな呼び鈴の音色を聞きながら、颯爽《さっそう》と店内へと足を踏み入れる。

「ああ、オーナー。待ち合わせですよね、奥を使われますか？」

正面にいた店長が、バイレッタの姿を認めて声をかけてきた。

バイレッタの叔父であるサミュズ・エトーと待ち合わせをしていた。

昨日、ミレイナがデュルクムと別れろという一方的な手紙を受け取ってから、すぐに叔父に会えるように手筈《てはず》を整えたのだ。用件はトレスイド侯爵家に鉄槌を下すための相談ではあったが、今はそれにつけ加えることができた。

「難しい話になりそうだから、使わせてもらうわね」

「オーナー？」

ティファニアが不思議そうに首を傾げて繰り返した。

「ここは私が経営している店なので」

「呆れた。アナルド様の妻のくせに働いているの？　妻なら家を守りながら夫の帰りを待つものではないかしら」

「それはあいにくと、私の望む生活ではありません」

「なら、やっぱり私がアナルド様を支えてあげるから、貴女は出ていけばいいわ」

勝気に微笑むティファニアはどこか必死だ。

一国の姫だという出自を自慢げにしているのに、どこか恐れてもいるように見える。

余裕のなさが、バイレッタには気にかかる。

「だいたい、どれもたいしたドレスではないわね。やっぱり年齢が上だと感性も古臭くなるのではない？」

絶好調の毒舌に、バイレッタのこめかみがぴくりと動く。ティファニアが怯《おび》えているように見えたのは気のせいに違いない。

バイレッタは笑顔を貼り付けた。

「お客様の好みに合わないようですので、お帰りいただいてもよろしいですか？」

「まあ、私はここのドレスを欲しいと思わないから客ではないもの。帰らなくてもいいわよね。それに貴女のほうが随分と年齢が上なのだから、年下は可愛がるものではなくて？」

ミレイナはとても可愛い。

存分に可愛がっていると自負しているし、彼女からもとてもよくしてもらっていると感謝されている。

つまり、性格の問題だろう。

なぜ自分に喧嘩を売ってくる相手を年下だからと、可愛がらなければならないのか。

しかもバイレッタが夫だと思っていた男の妻である。

シンシア曰《いわ》く、妻と愛人は戦うものらしい。

別にアナルドに執着はない。いつスワンガン伯爵家を出ていってもいいと思っている。

だから、意地になるのは喧嘩を売られているからであって！

年下の少女に言いように言われたまま逃げるように伯爵家を出ていくのは、負けた気がするだけであって、決してアナルドに嫉妬しているとか、離れたくないとかではないのだ。

ただ、彼の趣味がすこぶる悪いというだけで。

心の中で葛藤していると、抱き上げられていたエルメレッタがバイレッタの胸元を軽く叩いた。

「かあちゃま」

下ろしてほしいのかと思い、彼女を床に下ろせばとことことドレスの近くに向かう。

それを見守っていると、バイレッタとティファニアのやりとりに青ざめていた店長が微笑ましそうに声をかけてきた。

「お嬢様もドレスが好きですね。将来はお店を継いでくださるのでしょうか」

「ふふ、エルメレッタはドレスの光沢に興味があるのよ」

「光沢ですか？」

「布地によっては角度によって色が変わるでしょう。あれが不思議に思えるらしいわ」

「なるほど。子供の視点は面白いですね」

しきりに感心している店長が、そういえばとカウンターの後ろの陳列棚から布の束を取り出した。

「光沢で思い出しましたが、こちらの布地はすごいですね。買い付けはオーナーの指示だとお伺いしましたが」

深い藍色の布は撫でると光沢が増して、まるで夕暮れのような神秘的な色味になる。

「ああ、それね。西方の港から仕入れたものなのよ」

軍艦に接収されたセイルラオ・エルドというスタシア高等学院時代の元同級生が海

軍の軍事行動中に立ち寄った島で見つけたものだとバイレッタの元に持ってきたのだ。

海軍が性に合っていたらしい彼は、これまでバイレッタに抱いていた鬱屈も晴れたようで積極的に商品を売りつけに来る。帝国軍人お抱えの商人という肩書きが特にお気に入りらしい。モヴリスに嵌《は》められて今の地位にいるわりには楽しそうな様子である。

「こちらがとても人気でして。もう少し仕入れていただくことは可能ですか」

「わかったわ、先方に聞いてみるわね」

セイルラオに手紙を書こうと思った時、からんと涼やかな鐘の音色が店に響いた。

「おや、バイレッタ。ここにいたのか」

入ってきたのはバイレッタの叔父であるサミュズ・エトーだった。黒に近いこげ茶の髪をさらりと揺らして、翡翠《ひすい》色の瞳を穏やかに細めた姿は馴染《なじ》みのものだ。

「おや、そちらは？」

その叔父の視線が、バイレッタの横にいるティファニア様に向けられる。

「叔父様、こちらはティファニア様です」

彼は少し考える素振りを見せた。

「ええ？」

サミュズは一瞬で彼女の身分を把握し、困惑した表情になる。

連日新聞の紙面を賑《にぎ》わせている姫がいるのだから当然だろう。亡国の『春宵姫』を誰が手に入れるのかと煽《あお》った見出しが躍る紙面ばかりだ。基本的には貴族派の候補を列挙しているので、軍人の妻であるバイレッタとどういう関係だと問うような顔になるのも頷ける。

だが、サミュズはすぐに別のことを口にする。

扉を開けたまま、通りを示すように振り返った。

「いや、今はそれどころじゃないな。可愛いエルメレッタが行き倒れの男を踏みつけているが、あれはなんの遊びなんだい」

「はい？」

エルメレッタなら店内に飾られていたドレスを眺めていたはずだと視線を向ければ、そこに小さなストロベリーブロンドを揺らした幼子の姿はない。

いつの間に？

乳児の頃からなぜか脱走癖のある娘である。

けれど、店内は扉を開けば鐘の音がする。扉はきちんと閉めていたはずだし、取っ手を摑まなければ開かない仕組みだ。

エルメレッタの身長では難しい。

しかも、男を踏みつける遊びってなんだ⁉

バイレッタは慌てて叔父の横をすり抜けて店の外へと飛び出した。

叔父の視線の先、大通りの片隅で大柄な男が倒れている。ワインレッドの髪色しかわからないのは男がうつ伏せで倒れているからだ。着ているのはどこかの軍服のようだが、あいにくと見たことはない代物だった。

そしてその軍服をエルメレッタの小さな足が踏みつけているのだ。彼女の大きさ的に腕の当たりをちんまりとだが、踏みつけていることには変わりがない。

「まあ、エルメレッタ。人を踏んではいけないのよ」

「よろこう」

喜ぶ？

バイレッタは愛娘に言い聞かせたが、彼女はきょとんとエメラルドグリーンの瞳をまたたかせた。

いったいどこで何を聞いたのだ。

人は踏んでも喜ばない、はずだ。

というか、早く足をどけなさい。

「天使の次は女神のおでましか。帝国には粋な計らいがあるものだ」

男がエルメレッタに腕を踏まれたまま、顔を上げて満足げに笑う。まだ二十歳前ほどの若い男ではあるが、爽やかさの中に陰がある。

うん、本物だ。

バイレッタは確信した。

「エルメレッタ、早くこちらに来なさい」

「あい」

エルメレッタが元気に返事をして、とことことバイレッタの足元までやってくる。

その小さな体を抱き上げると、叔父もやってきた。

「エル、落ちているからといって遊んではいけないよ」

エルメレッタはサミュズに神妙に頷いた。

賢《さか》しらに説教めいた言葉を吐いているが、人を物扱いしている時点でどうなのか。

バイレッタはとにかく、男に向かって声をかけた。

「ええと、どういう状況かお聞きしても？」

なぜ道端に倒れているところをエルメレッタに踏まれるような事態になったのか。

「寝不足で倒れ込んだら、小さな天使に助けられた……」

うん、よくわからない。

しかも男にとっては助けでいいのか。

踏まれていただけだが。

やはりエルメレッタが推測した通り、踏まれて喜んでいたのだろうか。

「起き上がれますか？」

「ああ、問題ない」

じゃあ、なんで今まで寝転がっていたんだと聞きたいが、きっと聞いちゃダメなヤツだ。

男はむくりと立ち上がると、服についた土埃《つちぼこり》を払った。

立ち上がればバイレッタの頭一つ分以上大きい。体幹などもしっかりと鍛えていて厚みがある。ただ若いからか全体の線は細く見える。

だというのに、軍服は随分と草臥《くたび》れている。新しいものは支給されないのだろうか。

「滅んだゲッフェ王国の兵士がなぜこんなところに？」

叔父の言葉で、軍服が新しく支給されない理由がわかった。

ゲッフェ王国の軍服など見たこともないバイレッタであるが、大陸全土を商売で行き来している叔父は博識だ。彼が、そう言うならそうなのだろう。

男も特に否定はしなかった。

「いや兵士というわけではないんだ。他に着るものがなくて……さすがに帝国軍人のものを着るわけにもいかないし。そうしていたら、已《や》むに已まれぬ事情ができてしまって……」

彼は髪色と同じワインレッドの瞳を細めて困ったように笑った。

歯切れの悪い言い訳をつらつらと述べているが、亡くなった国に忠誠をなどという崇高な志があるわけではないようだ。

執着や頓着した様子が少しも見られない。

けれど他に着る物がないとはどういうことだ。帝国にだって服はたくさん売っているのに。已むに已まれぬ事情とは、まさか金がないとかだろうか。

叔父も呆れたようだ。ふうんとため息だか相槌だかわからない返事をした。

「シックス？」

「ティファニア様？」

いつの間にか店から出てきたティファニアが、男の名前を呼んだ。

彼も目を見開いて驚きを示した。

「こんなところに……一晩中探しました」

「あら、今まで私を見つけられなかったの。無能ね」

「……申し訳ありません」

二人の表情は硬く、どこか歪《いびつ》だ。

亡国の姫に、その軍服を着た男だ。

単純に考えれば、二人は主従だろうに。

「帰りますよ」

「もう帰っているわ。私、今、スワンガン伯爵家にいるのよ」

「なんで……」

男は一瞬言葉に詰まって、バイレッタを見つめてはあっとため息をついた。

「スワンガン伯爵家の方でしたか。助けてくれてありがとう、俺はシックス・べべだ」

男は小さなエルメレッタの手を取って、額を当てるような仕草をした。

ゲッフェ王国での挨拶の仕方なのかもしれない。

「あい」

エルメレッタは頷いて、まっすぐにシックスと名乗った男を見つめている。

いつもの観察中らしい。

男は屈託のない笑みを浮かべているが、注意深くまなざしを向ける愛娘には何か別の表情にも見えるのだろうか。

だが、その小さな視線が男の肩越しに向けられた。

「……とうちゃま」

小さな声を拾ったのか、通りを歩いていたアナルドがこちらに気がついて、駆け寄ってきた。

「こんなところで旧ゲッフェ王国の兵士と何を？」

さすがに軍服を見て、相手の素性がわかったらしい。

バイレッタとエルメレッタを背後に庇《かば》う形で、アナルドは体を割り込ませた。

「彼が倒れていたところを、エルメレッタが声をかけたのです」

バイレッタが事態をややぼかしながらアナルドの肩越しに伝えれば、彼はバイレッタを振り向き訝《いぶか》しげな顔になった。

「倒れていた、のですか？」

しげしげと男に向き直ったが、眉間には皺《しわ》が寄っている。

そんな冷ややかな視線を向けられてもシックスは堪《こた》えた様子はない。

「いや、ちょっと寝不足でついふらっと……というか天使の父親か。瞳の色がそっくりだな」

シックスは屈託なく破顔して、ふとアナルドの髪色を眺めた。

「帝国軍人で、灰色の髪にその整った容姿……」

愛嬌《あいきょう》のある顔からすとんと表情が落ちる。

「——まさか『灰色狐』？」

アナルドの答えを聞くまでもなく、シックスはざっと後方へと飛び退《しさ》って腰を低く落とした。

その動きを見て、アナルドが軽く目を瞠る。

「その構え……まさかゲッフェの暗部が生き残っていたのか？」

「俺たちを知っているってことはやっぱり狐か。俺は落ちこぼれだから、粛清は免れたんだ」

「粛清を免れた？　まさか、いや……」

アナルドは逡巡《しゅんじゅん》して、頭を軽く振った。

彼らの間には何か確執があるようだが、それは今、大きな問題ではないらしい。

では何が問題なのか。

アナルドの躊躇うような雰囲気に、バイレッタも戸惑った。

いったい、シックスに何があるというのだろう。

「……アナルド様」

陶然とつぶやいたティファニアがいつの間にか、アナルドを見つめていた。

現地妻と妻に挟まれた形であり、渦中の三人が揃ってしまったことになる。

これこそまさに修羅場だ。

「ご無事でお戻りのご様子、本当によかったです……っ」

声を震わせる姿まで可憐で思わず駆け寄って抱きしめてあげたい風情がある。

だが、アナルドは一瞥しただけだった。

「こんな帝都の大通りで揉め事かい？」

サミュズの言葉にはっとして、周囲を見れば確かに人目を集めていた。

種類の違う軍人が二人、剣呑《けんのん》な空気を出していればそれなりに目立つものだ。しかもここは帝都の高級店が立ち並ぶ場所でもある。

アナルドも場所が悪いと判断したのか、シックスに声をかけた。

「少し聞きたいことがあります、一緒に来てもらえますか」

「俺がその頼みを聞き入れると思うのか」

「頼んでいる段階で聞き入れたほうが賢明だと思うのですが。もちろん、姫にもお付き合い願いますよ」

アナルドがティファニアも連れていくと聞いて、シックスは顔を顰めた。

「ええ、夫の言葉には従いますわ」

「ティファニア様……」

嬉々《きき》として答えたティファニアに、シックスはうんざりとした瞳を向けた。

だが確かに帝国の軍人に強制で連行されるよりは自主的に赴いたほうが扱いは格段に良いと思われる。

「シックス、こんなところにいたのか。ああ、姫も見つかってよかった」

そこへ駆けてきたのはなぜかデュルクムだ。

仕事着らしい服装ではあるものの、平日に行政府の仕事は休みなのだろうか。

「ええと、皆様お揃いで……？　スワンガン中佐が先に見つけてくださったのですね」

スワンガン伯爵家の面々を前にデュルクムは姿勢を正して問いかけてくる。

混乱するデュルクムに、アナルドが簡単に状況を説明した。

「彼が倒れていたところを娘が声をかけたようです」

「エルが？　そうか、ありがとう」

デュルクムが穏やかに微笑む。普段から屋敷に遊びに来ると、ミレイナと一緒になってエルメレッタを可愛がってくれていたのだ。

当のエルメレッタはなんとも複雑そうな顔をしている。昨日は一日叔母であるミレイナの膝の上で彼女を慰めていたからだ。いつもならお澄まし顔で、デュルクムが可愛いと連呼する言葉を聞いているだけの娘である。

デュルクムもエルメレッタの態度で何かを察したのか、すぐにアナルドに向き直った。

「こんな格好をしているから仕方ないとは思いますが、こいつが先ほど伝えた姫の護衛です。一晩中姫を探していたようで、家には戻ってこなかったのですが」

「それが、ティファニア様はスワンガン伯爵家に滞在していたらしいですよ」

言《い》い淀《よど》んだデュルクムに、頭痛を堪えるようにシックスが答えた。

予想はしていたのだろう。デュルクムは小さく頷くにとどめた。

「そうか……。シックス、事情は今朝、スワンガン中佐から伺っている。少し軍に協力してくれ」

「今更俺たちになんの用だ。旧ゲッフェ王国の暗部の行く末など、狐のほうが詳しいだろうに」

「暗部に生き残りがいたとは知りませんでしたから」

「──っ、だから俺は……」

不満そうに顔を歪《ゆが》ませたシックスを宥めるようにデュルクムが声をかける。

「シックス、いいから中佐についていけ。ティファニア様もご同行するのだろう。なら、尚更拒否はできない。後はこちらでなんとかする」

「ですが……」

「時間はそれほどかからないですよね？」

ためらうシックスを無視して、デュルクムはアナルドに向き直る。

「そうですね、いくつか聞きたいことがあるだけですので」

「だそうだぞ。ここで揉めるほうが時間がかかる。お前の潔白は我が家が保証できるから安心しろ」

デュルクムはシックスの背中を叩いて、押しやる。

「わかりました」

シックスから了承を得られた途端に、アナルドはバイレッタに声をかけてくる。

「エルメレッタはまた大きくなりましたね」

アナルドは振り返ってバイレッタに抱えられているエルメレッタを見下ろした。

小さな頭を撫でると、シックスに向き合う。

「では、行きましょうか」

「エスコートしていただけますか？」

ティファニアがにっこりと微笑んで、アナルドの手を取った。彼は振り払うこともなく、そのままバイレッタに背を向ける。ティファニアが勝ち誇ったように、ふふんと嘲笑ったけれど、何事もなかったかのように去っていく夫に、バイレッタは身をこわばらせた。

「あー、バイレッタ……話というのは、あの男に愛想が尽きたとかそういう……？」

いつも離婚を唆すのは叔父であるはずだが、なぜか消極的に尋ねてくる。

腕の中ではエルメレッタが、いつもと様子の異なる母親をきょとんと見上げてくる。

「あの、中佐は今朝仕事で我が家を訪ねてこられたのです。姫とその護衛に話があるとかで……あいにくと二人は家にいなかったのでこうして探していたのですが。スワンガン伯爵家にいたのですね」

デュルクムが申し訳なさそうに告げたので、バイレッタははっとする。

「昨日貴方たちが出ていった後にスワンガン伯爵家に来られたのですが、連絡すべきでしたね」

「いえ、こちらこそご迷惑をおかけしたと思います。一応、帝国にいる間の姫様たちの身元引受人がうちになりますので……と、すみません。エトー様も、お久しぶりです」

バイレッタの気まずげな表情からデュルクムは慌ててサミュズに挨拶をする。

ミレイナに会いに来たデュルクムとエルメレッタに会いに来たサミュズは、スワンガン伯爵家でよく鉢合わせする仲である。それ以前にもトレスイド侯爵家の嫡男としての彼を知っていたのだろう。

「ああ、最近仕事のほうはどうだい」

穏やかに声をかけるサミュズを見て、デュルクムの表情がこわばる。

「入ったばかりなので、いろいろと大変ですがやりがいはありますよ。僕もこれから仕事がありますので、失礼しますね」

結局、デュルクムも逃げるように去っていった。

あの場にいれば、状況が悪くなると言いたげな様子であった。彼の背中がバイレッタの兄を彷彿《ほうふつ》とさせた。兄もよくサミュズに遭遇すると短い会話だけで去ったものだ。

「叔父様は、彼に何かされたのでしょうか？」

「なんでもかんでも人のせいにするのはよくないいんじゃないかな」

余裕ぶってデュルクムの背中を見送る叔父に、バイレッタは短く息を吐いた。

説明するつもりはないらしい。

トレスイド侯爵家を相手どって何かをしたというより、デュルクム個人と何かあるようだと推測するしかない。

サミュズとは約束していたので、そのままバイレッタは店の奥へと向かう。店長はすでに準備をしてくれていたので、お茶を淹れると立ち去っていった。エルメレッタはバイレッタの腕の中ですっかり熟睡している。

「で、今日呼び出した話とはなんだったんだ」

「先ほどのデュルクム・トレスイド様とミレイナの婚約が一方的に破棄されたのです。トレスイド侯爵の意向ということですけれど、ミレイナが悲しんでいるので報復をしたいのですわ。ぜひ、叔父様のお力をお貸しください」

バイレッタは叔父をまっすぐに見つめて用件を口にする。

「ミレイナのことはわかったけれど、それだけじゃないんだろう？」

「デュルクム様の婚約相手は旧ゲッフェ王国の姫君ということでした。なぜかアナルド様と婚姻しているそうですけれど」

「なんだって？　新聞にはティファニア様の身柄は貴族派が預かっていると書かれて

はいたが、軍人と婚姻していたとは……」

サミュズの顔色が瞬時に変わったので、バイレッタは手を振る。

「私には関係ありません」

「夫に別の妻がいたとなれば、関係ないとは言えないのではないかい？」

やや心配げに眉を寄せたサミュズは、純粋にバイレッタの心境を慮《おもんぱか》ってくれている。その気遣いは嬉しいけれど、意地っ張りなバイレッタはなんら感情の籠もらない声音で返すだけだ。

「けれど、どうにもできないことですし。そもそも私が本当にアナルド様の妻かどうかも怪しいのです。帝国では重婚は禁止されているのはご承知でしょう？」

「それは……」

「姫様とアナルド様の婚姻関係がはっきりすれば、私はエルメレッタを連れてスワンガン伯爵家を出るつもりです」

アナルドには正式に可愛い妻が手に入るのだから、文句を言わせるつもりはない。偽物妻らしく、さっさと出ていくに限る。

サミュズは苦笑して、片方の手を伸ばしてバイレッタの頬を優しく撫でた。

「裏切られたと悲しんでいる顔だね」

「叔父様は、それを指摘して何をなさりたいの？」

血縁者には強がりは簡単にばれてしまうらしい。

それでも、バイレッタの意地っ張りは筋金入りなのである。

微笑んでみせれば、今度はバイレッタの髪を優しく撫でた。

触れる手は驚くほど気遣いに満ちている。

「可愛がってる姪《めい》が困っていたら助けてあげるよ。私はいつも言っているだろう？」

その言葉を素直に信じることはできないほど叔父の腹黒さを知っている。けれど、彼がこの時だけは純粋に申し出てくれていることもわかっている。

ひねくれているのはきっと血筋だ。

「あの男はバイレッタを泣かせてばかりで本当に腹立たしいがね」

「あら、泣いていませんわよ」

「お前が姉さん譲りで強情なのはわかってるけれど」

「叔父様が案じてくださるそのお心遣いだけで十分に嬉しいですわ」

叔父の手を取って、安心させるように笑ってみせれば、彼は肩を竦めただけだ。

「わかったよ。それで、お前以外にも妻を持った恥ずべき男にどう制裁するつもりだい？」

「そのゲッフェの姫君ですが、彼女の配偶者が旧ゲッフェ王国の、いえ——旧ゲッフェ領の領主になるという話は本当ですか」

ガイハンダー帝国で領地を拝しているのは帝国の前母体である旧帝国貴族の血筋のみである。つまり、帝国軍が姫君を押さえていても軍人が伴侶には決して認められないのだ。

だからこそ、今はアナルドが領主になったということか。

彼は旧帝国貴族の血筋を受け継ぐスワンガン伯爵家の嫡男であるから、資格は十分だ。貴族派ではなく、対立している軍人派ではあるが。豊かな領地を軍人が押さえられる唯一の手段であるのだ。

軍人派を優位に立たせたいモヴリスが考えそうな話である。

「旧ゲッフェ領が穀倉地帯であり、銀山を持つと新聞にも書かれていました。そんな豊かな領地を持つ新興領主なら、軍人派も勢いづきますよね」

「それでスワンガン伯爵家のためにも身を引くことにした、と？」

「そんなことは言っておりませんわ」

「なるほど、身を引くつもりだったのに、あの姫に煽られたね？」

サミュズが面白そうに笑ったので、バイレッタはそっぽを向いた。

それが答えだとでも言いたげにサミュズは言葉を続ける。

「お前が売られた喧嘩を買うじゃじゃ馬であることも知っているよ。なるほど、あの男は姫に救われたわけだ。首の皮一枚といったところだが、今すぐスワンガン伯爵家を出ていくことはない、と。それはそれで腹立たしいことではあるけれど」

「…………叔父様、尋ねているのはこちらですが」

「そうだね、姫の配偶者が旧ゲッフェ領の領主になるのは本当だ。けれど、正式に決まったという話は聞かない。軍人派にとられていたとも知らなかったな。あの大将はかなり狡猾《こうかつ》だし、隠していたんだろうけど。姫との婚姻は正式に帝国法に則《のっと》ったものでなければならない。つまり、他国での婚姻関係は認められないんだ。お前たちの婚姻は帝国法に則った正式なものだろう？」

「ですから、それ自体が怪しいのですが……」

軍の利益になることをあのモヴリスが見逃すとは思えない。つまり、バイレッタとの婚姻が偽物で、ティファニアとの婚姻が正式なのかもしれない。

アナルドとの婚姻書類などバイレッタは見たことがないのも事実だ。

「あの大将のことだから何かを仕掛けていそうではあるな。わかった、こちらでも調べてみるから」

「叔父様のお手を煩わせるのほどのことではありません。それにお願いしたいことはトレスイド侯爵家への報復です」

「全く……ミレイナのことを心配している場合か？」

「可愛い義妹《いもうと》ですもの」

「なら、私が可愛い姪の手助けをしても問題ないね。もちろんトレスイド侯爵家のことも考えておくから」

サミュズの巧妙さを知っている。身内贔屓《びいき》を差し引いても、この叔父の情報網は侮れない。それを穏やかな笑顔で常に隠しているのが目の前の男だ。けれど少なくともデュルクムは気がついていて、ミレイナに近づきながらサミュズにもきっちりと顔通しをしていた。

そういう隙のなさがバイレッタはミレイナの相手として心配だったのだ。優秀すぎる男というのはそれだけで、不安になるものである。

打算目当てでミレイナに近づいたのではないかと疑ってしまう。

だから今回条件の良い婚約者が現れてミレイナは捨てられたのだと思ったのだ。実際はデュルクムの意思ではなかったということだが、ミレイナを泣かせた時点で罰を受けるべきである。

あんなに可愛い義妹を泣かせるとか信じられない。

結局は、その一点に尽きるのだが。

この姫の婚姻には確実に裏がある。

別にアナルドを擁護するわけではないが、きな臭いことには変わりない。

「ありがとうございます」

バイレッタが頭を下げれば、サミュズは短く息を吐いた。

「私は昔からお前の上手なおねだりを聞いてしまうからね」

腹黒な叔父がそんな簡単に動いてくれるなら苦労はない、とバイレッタは思いながら笑顔を向けた。

結局、似た者同士なのだろう。叔父ほどの狡猾さはバイレッタにはないけれど。


サミュズと会談を終えたその日の夕方。

スワンガン伯爵家に戻れば、家令のドノバンがひどく慌ててバイレッタとエルメレッタを出迎えた。

「若奥様、あのティファニア様が護衛を連れて戻られているのですが……」

どうやらアナルドの用事は終わって、こちらに戻ってきたらしい。

「そう。何かあったの？」

「お嬢様と揉めております」

「それを早く言ってちょうだい！」

昨日はミレイナがティファニアに対して相当怒っていたのだ。

どうして、あの二人を鉢合わせさせてしまったのか。

ドノバンの案内で居間に向かえば、扉を開けた途端にミレイナが鋭く叫ぶ声が重なった。

「勝手なことを――っ」

「あら、本当のことよ？」

居間でお茶を飲んでいたティファニアに対して、ミレイナは扉を背にして立っている。ちょうど彼女に突っかかる形だ。

壁際に控えたシックスが入ってきたバイレッタを見てにこりと微笑む。

「おや、女神と天使のお帰りだな」

そんな呑気《のんき》なことを言っている場合なのか。

後ろからついてきたドノバンに腕の中で眠るエルメレッタを預けると、彼は乳母のところに向かってくれた。

　バイレッタは、再度シックスを見つめる。

　壁に背を預ける形で立つ彼は、どう見ても気だるげだ。

「貴方、止めないの。護衛でしょう」

「俺は正式な護衛ではないので。喧嘩の仲裁は業務範疇《はんちゅう》にありませんね」

　しれっと答えたシックスはぼそっと付け加えた。

「ティファニア様は少しくらい懲りたらいい」

　顔を顰めシックスは何かを思い出してぶるりと震えた。

　この主従の関係もよくわからない。お互いがあまりいい感情をもっていないような
のに、一緒にいるのだから。

「それで、どういう状況なの？」

「レタお義姉様！　どうしてこのような女を追い出さないのですかっ」

「だから、それは私が正式な妻だからだと言っているでしょ？」

「正式なのはレタお義姉様です！」

「あら、アナルド様も認めてくださったわ。正式な妻として証明してみせると私に話
してくださったもの」

ティファニアを正式な妻であると証明してみせる？

思わずバイレッタは狼狽えた。

アナルドは確かに賭けをしようと持ちかけてきて、同じようなことを言っていた。それをティファニアにも告げて安心させてあげたということだろう。別に気にするほどのことではない。

だというのに、動揺してしまった自分をバイレッタは恥じる。

「あの愚かな兄が何を言おうが、どうでもいいのです！」

いや、この場合はアナルドの妻のことなので、どうでもよくはないのだけれど。

彼はティファニアを正式な妻として証明できるように、証拠を探しているのかもしれない。つまり、バイレッタとの婚姻は正式なものではなかったのだろう。

モヴリスから話を聞いたのかもしれない。

叔父もいろいろと探してくれると言ったけれど、無駄になった。多忙な叔父の貴重な時間を使ってしまったかもしれないと思うと、申し訳なくなっていく。

「ミレイナ、とりあえず落ち着いて。ティファニア様、あまり義妹を怒らせないでください」

「私は本当のことを言っているだけよ？　むしろ、ミレイナを窘《たしな》めなさいな。そもそもミレイナと義姉妹《しまい》なのは私であって、貴女はなんの関係もないわよね。他人が口を出すものではないわ」

呆れたようにティファニアが窘めてきて、バイレッタは思わず言葉に詰まった。

ティファニアとの婚姻が正式なものであれば、確かにバイレッタはミレイナとなんの関係もないことになる。

だが、すかさずミレイナが強めの口調で語る。

「最低な兄ではありますが、レタお義姉様への執着だけは凄《すご》いのです。愛情なんて生ぬるいほどの重たい感情を向けて束縛していますのよ。いつもは何を考えているのかわからない兄ですけど、これだけは絶対に間違いありません。私と仲が良いことまで嫉妬するほどですわ」

「まさか。今日だって、彼はそこの女に碌に声をかけなかったわよ。もちろん、私は丁重にエスコートしていただけたわ」

「どうせ仕事中だとかで、任務を優先されたのでしょう」

「ふふ、負け惜しみ？」

すかさず反論したミレイナに、ティファニアが意地悪くくすくすと笑う。

ミレイナの怒りのボルテージがぐんっと上がったのがわかった。

「こんな性悪が、あの最低な兄の妻だなんて認めませんからっ」

「貴女に認められなくても、一向に構わないわよ。スワンガン伯爵は受け入れてくれているし」

「あ、それは――」

「お義姉様！　それはいったいどういうことですっ。あの兄ばかりでなく、父まで何を言ったと⁉」

「ええと……」

せっかく義父の所業は黙っていたのに、ミレイナが再度怒りを籠めた目でバイレッタを鋭く見つめた。

可愛い義妹になぜ、こんなに怒られなければならないのか。

バイレッタは途方に暮れたような気持ちになるのだった。


今朝会ったばかりだったが、その日の夕方にはデュルクムが、スワンガン伯爵家を訪れた。どうやら仕事帰りに寄ったらしい。家に戻ってもティファニアとシックスの姿がなかったようで、慌ててやってきたようだ。

バイレッタはスワンガン伯爵家の応接室で、彼を出迎えた。

席につくなりデュルクムが真摯に言葉を吐く。

「ミレイナに正式に謝罪をしに来るつもりでしたが、何かの用事のついでに謝罪するわけにもいきません。今日はティファニア様の状況を伺いに来たということでよろしいでしょうか」

不本意という顔をしながら、デュルクムは頭を下げた。

「このたびはご迷惑をおかけして大変申し訳ありません」

そう答えるデュルクムは、バイレッタのやや後方に直立不動しているシックスを見やった。旧ゲッフェ王国軍の軍服を着たままなので、微動だにしないと威圧感がある。

「彼はティファニア様とは、どういうご関係の方でしょうか」

「アナルド様がご指摘されたように暗殺部隊の落ちこぼれらしくて。あの戦火を生き延びたらしいので姫の護衛として雇われていたとのことでした」

デュルクムの説明に、シックスが素早く告げる。

「俺は正式な護衛ではないと言っていますが」

「そんなこと言ったってお前以外いないのは事実だろう」

シックスは不承不承という態度を隠そうともしない。

デュルクムに対しても、不満げだ。

以前にシックスが旧ゲッフェ王国の軍服を着なければならない已むに已まれぬ事情と話していたのは、きっとティファニアのせいだろうと察することは簡単だった。

「今、彼女はどちらに？」

デュルクムが思案げに問いかける。

「サロンで義母《はは》とお茶をしております。お呼びしますか」

ミレイナと盛大な口喧嘩を繰り広げていたところに、ドノバンに呼ばれたとシンシアがやってきたのだ。ティファニアは義母の前ではまだ猫を被るつもりらしく、すっかりしおらしくなって彼女についていった。

「穏やかであるのなら、そのままでお願いします。やはり我が家では落ち着かなかったのでしょう」

「連れ帰るということは難しいのでしょうか」

バイレッタが重々しく口を開けば、デュルクムも鎮痛な面持ちで首を横に振る。

「ティファニア様は我が家に滞在していただいているのですが、ふらりと姿を消されることが多くて……実は先日夫人と出会った時もシックスから連絡を受けて家人を使ってティファニア様を一晩中探していたのです。ですが、彼女はスワンガン伯爵家を探していたのですね。ここなら姿を消すことはないと思います」

「…………」

相当にティファニアの我儘《わがまま》に手を焼いていたのだろう。

デュルクムの言葉の端から、苦労が滲み出ている。

「むしろ軍はどうやって彼女を何年も保護できたのか。帝国にあるどこかの屋敷にいたようなのですが、シックスもその頃の彼女はアナルド様の妻で戦地にいる夫の帰りをひたすら待っているだけだったとしか知らなくて」

「帝国の端のほうだとは思いますが、戦地にいる夫であるアナルド様に宛てて手紙を書いて、家人と穏やかに暮らしていました」

シックスは痛みを堪えるように顔を顰めて、思い出を語る。

庭先の小さな花を育て、変化の乏しい毎日を送る。

その内容は本当に穏やかな生活である。

「もともと姫はゲッフェの城でもほとんど人前に出ることがありませんでした。城から出ることがほとんどなかったんです。城の者たちは敬いますし、王は政略結婚のために娘をどの国と縁づかせることが最良なのかしか考えておらず、社交などしたこともないと思います。だから、今の生活でも困ることはありません」

「それがアナルド様と？　一介の軍人に一国の姫とは随分と身分が釣り合わないのではありませんか」

国にとって利益を考えるのならば、同じ王族のほうが有益だと考えるのではないのか。せめて侯爵くらいの地位はいるだろうに。

なぜわざわざアナルドだったのか。

モヴリスが仕組んだのかと考えたが、ティファニアが全く聞く耳を持たないのも事実だ。

「ティファニア様が王が最後に存命だった時のことを話してくださったのですが、どうやら王との晩餐時に、結婚相手として勧められたのだと話しておられました。何か戦で戦功をあげていたアナルド様を王がとても褒めていて、褒賞ということだったとか。それはとても楽しい一夜だったと」

「楽しい一夜――へえ、そうですか」

バイレッタは思わず繰り返していた。

驚くくらいに不快だ。

声音ですら低くなった気がした。

楽しい一夜なんて、そんな素敵な夜を、あれほど可憐なティファニアとアナルドが過ごしたと。

イライラとした感情を嚙み締めていると、デュルクムがシックスの肩を叩いた。

「最後の晩餐が一番楽しい記憶としてティファニア様に残っているということだよね」

若干顔色の悪いデュルクムが気になるけれど、シックスは特に頓着せずに頷いた。

「そうだと思います」

「ティファニア様はスワンガン伯爵家に戻って、アナルド様の傍にずっといたいと話されていました。そのため何度も脱走まがいのことまで起きていたのです。できればここに置いていただければ……」

縋るようなデュルクムの懇願を聞いて、バイレッタは思わず息を吐いた。

そうなるような気がしていた。

けれど、それはとても難しい。

「こんなことを貴方に話すのもどうかと思うのですが、ミレイナが本当に怒っていて……そんな義妹も可愛いのですが」

「はい……、え、ええ？　ミレイナですよね……？」

デュルクムが聞き間違えたのかというように首を傾げた。

バイレッタだって彼に同意したい。

あの心優しく穏やかなミレイナである。突っかかる相手は兄であるアナルドくらいだったというのに。

「ミレイナをこれ以上怒らせるのも可哀そうで……」

「それは、もしかして僕の婚約者だと聞いたからでしょうか」

なぜかデュルクムが照れたように問いかけてきたので、バイレッタは全力で否定したのだった。


「あら、シックス。バイレッタについていたの？」

シックスを伴ってサロンに顔を出せば、朗らかに笑うティファニアがいた。

ちなみに、デュルクムはまた改めてミレイナに謝罪に来ると言って、シックスを置いて帰っていった。忙しい彼をまた追い返してしまった形になったが、今は目をつぶる。ミレイナも会うと言っていたけれど、今ではないほうがいいだろうとはバイレッタも思うのだ。

ティファニアは義母のシンシアと二人でテーブルについている。和やかな雰囲気だが、ちらりと義母に視線を向ければ、彼女は困ったような顔をした。話は進展していないのだろう。

ティファニアがにこにこと笑っているというのに、対面しているシックスは苦り切った顔である。

仮にも姫の護衛であるなら、もう少し表情を取り繕うべきではないだろうか。

すぐに感情が顔に出るのは彼の美徳かもしれないが。

「今、お義母様からバイレッタとミレイナの話をお聞きしていたのよ。本当に仲がいい姉妹なのね。アナルド様もきっと喜ばれるわ」

「ありがとうございます」

バイレッタが礼を言えば、ティファニアは立ち上がってバイレッタの傍にやってきた。

「お義母様のお話は本当に楽しかった。私も二人ともっと仲良くしたいわ。歌劇というのが帝都にあって人気なのでしょう。ぜひ、一緒に行きたいの」

「そうですね。予約がいりますので、また日を改めて」

「わあ、嬉しい。楽しみね」

ティファニアはすっかりスワンガン伯爵家の嫁として、振る舞っている。

穏やかで可愛らしい嫁というわけだ。

シンシアやワイナルドの前では特に大人しくしている。

ティファニアの様子に痺《しび》れを切らしたようにシックスがきつい口調で詰め寄った。

「ティファニア様、帰りましょう。アナルド様の奥様は、バイレッタだ」

「もう何を言っているのよ。ちゃんとこうして家に帰っているわ。変なことを言うのね。いったい、どうしたの？」

シックスはバイレッタを振り返って肩を竦めた。

確かに、彼女をこの家から連れ出すのは難しいようだ。

「ティファニア様、こうして憧れのスワンガン伯爵家に来られたのですから、もう満足したでしょう。ほら、帰りますよ」

焦《じ》れたシックスがティファニアの手を取る。

これまで彼の印象といえばぼんやりした人である。だが鷹揚な彼にしては珍しい態度だ。控えめな彼が、こうして主人に不躾《ぶしつけ》に近づくということもないのだろう。

「痛いわ、シックス。護衛ならば、主人をもっと気遣うものよ」

眉を顰《ひそ》めて、震えるティファニアの姿は憐憫《れんびん》を誘う。

だというのに、シックスは一瞬で激高した。

「俺は護衛じゃない――っ」

びりびりと空気を震わせるほどの怒声に、二人の主従を見守っていたシンシアがびくりと体を震わせた。

だが、ティファニアは不思議そうにシックスを見つめるだけである。

「何を言っているの？」

「本来の護衛はゼバ、ドラン、ピーピだ」

シックスが幾人かの名前を出してもティファニアは、微動だにしない。

まるで彼以外の護衛などいないかのようである。

そんなティファニアの様子に構わず、シックスは勢いよく続ける。

「昔のことなんてすっかりなかったことにして、俺にこんな格好させて不慣れな護衛を押し付けて自分ばっかり楽している」

ふわふわと微笑んでいるのに、ティファニアは少しも幸福そうに見えない。

むしろ時折、苦しそうにも見える。

だというのにシックスにとってみれば、ティファニアは楽をしているように見えるのか。

本当に幸せそうに見えるというのか。

「本来の姫様はもっと――っ」

「突然どうしたの？」

ティファニアはシックスの前までやってくると、華奢《きゃしゃ》な手を伸ばして、シックスの頭を優しく撫でた。

「私、とても幸せよ。この国で優しくしてもらっているもの。戦地に行っていた夫もこうして無事に戻ってきてくれたの。こんなに嬉しいことはないわ」

完璧な軍人の妻のように、彼女は微笑んだ。

「何を言っているんだ、ティファニア様の傍に夫はいないじゃないか！」

シックスが突きつけた言葉は刃《やいば》のようにティファニアの笑顔を切り裂いた。

ぴしりとティファニアの笑顔が固まった。

「ずっとティファニア様は騙してる。自分を騙して、嘘をついたところで幸せになれるわけがないのに」

「当然だわ――だって……」

ぞっとするほどに低い声だった。

バイレッタには聞こえなかった。

けれど、シックスには聞き取れたようだ。彼の体が僅かにこわばったからだ。

そんな彼は否定するでもなく、ただ粛々と受け入れているかのような印象を受けた。

ティファニアはいったい何を言ったというのか。

そして、彼女はふっと意識を手放した。

「ティファニア様っ」

倒れ込むティファニアを抱き留めるのは、シックスだ。

きちんと護衛としての任務は果たしているように見えた。本人にその自覚がないだけで。

だが苦い顔をしたまま、途方に暮れている。

体が勝手に動いてしまったと言わんばかりである。

「すみません、ちょっと我慢できなくなって……」

「それでも弱っている主人にとるような態度ではないでしょう。護衛でなくても、彼女が頼れるのは祖国の生き残りである貴方だけだから」

責めるような口調のシンシアに、シックスはうっと怯《ひる》んだ。

「俺は、護衛じゃない。その上、落ちこぼれだし……だから生き残ったんだ。そんなどうしようもない俺に、姫様は荷が重すぎる」

ティファニアを抱えながらも俯《うつむ》くシックスに、シンシアは困惑したような視線を向けた。

「貴方はいくつなの」

「俺は十八です」

なんとも幼く危うい主従である。

ティファニアは十六だと話していた。

ガイハンダー帝国では十六歳ならば、成人している。けれど、ギリギリだ。

ミレイナとデュルクムと同じ年だけれど、それよりも幼く感じる。きっと精神年齢的に無邪気なのだろう。

何より、モヴリスが結婚を持ちかけた時は未成年だったということだ。ゲッフェの国ではどうかは知らないが、帝国法では未成年との婚姻は禁止されている。

確実にアナルドとの婚姻話が持ち上がっていた時は未成年である。

つまり重婚以外にもアナルドとの婚姻が成立しない。

とんだ現地妻もあったものだ。

小国の法を適用させて、成人すれば正式にアナルドの妻とするつもりだったのかもしれない。だから、今はアナルドの妻ということになるのか。

「とにかく彼女を部屋まで運んでちょうだい」

「わかりました」

シンシアがシックスに短く命じて、彼は素直に従ってティファニアを抱えてサロンを出ていく。

「お義母様、突然彼女の相手をお願いしてしまって申し訳ありませんでした」

「いいのよ。愛人と対決なんて楽しいじゃない。お茶会でもよく話題にあがるのよ。私も一度は聞き役以外をやってみたいわ。まあ、あの人の相手ではなかったし、幼い感じだけれど」

「……それは、なんとも素敵なお茶会ですわね」

シンシアとミレイナが出かけていくお茶会は良家の貴婦人たちの集まりのはずだが、なぜそんな殺伐とした話題ばかりなのだろうか。話には聞いていたが、バイレッタは内心で狼狽える。一度も参加したことはないけれど、できれば今後も参加しなくて済むことを願うばかりだ。

「でもやっぱり大したことはわからなかったわ。アナルドさんと手紙のやりとりをしたことくらいしか聞き出せなかったし」

「手紙のやりとりですか？」

アナルドが戦場に行っていた八年間は、バイレッタだって手紙を受け取っていない。

もちろん出していないのだから、受け取るも何もないのだが。

シックスも戦場のアナルドから手紙が届いたと話していたので、事実手紙は届いていたのだろう。

「でも、内容が、ちょっとアナルドさんらしくないのよ。物凄く甘い言葉ばかりの羅列で。まるで物語のお手本のような薄っぺらい恋文なの。そんなものでも嬉しそうに待っていたのだから、少し可哀そうだわ」

バイレッタは、虚空を見つめて思わず唸《うな》ってしまう。

シンシアが、からかい交じりに微笑んだ。

「アナルドさんは貴女に宛てて書いている手紙の内容はとても甘いのかしら？　だとしても、薄っぺらさはなさそうよね」

戦地から届く手紙は、確かに甘いかもしれない。

バイレッタがいつも受け取る手紙は本当にアナルドが書いたのかと疑いたくなるほどに糖度が高いのである。そしてどちらかといえば、重い。

だが、アナルドがそんな内容をティファニアに書いていたのだろうか。

「私にはわかりませんわ」

「あら、本当にバイレッタさんは自分のことに関して自信がないのね」

どこまでも面白そうに、けれど優しさも含んでシンシアは微笑んだ。

◆　◆

スワンガン伯爵家で与えられた客室の寝台にティファニアを寝かせれば、メイドはそのまま下がっていった。

取り残されたカーテンを閉め切った部屋で、シックスは自身の髪をくしゃりとかき混ぜ、盛大にため息をついた。

『見て、あんなに大きな馬がいるわ！』

好奇心の旺盛な少女は、頬を紅潮させてあどけなく笑う。今にも駆け出しそうな子供の細い腕をシックスは慌てて掴んで押し戻したものだ。

『冗談でしょう、あれほど大きな馬ですよ。目の前に飛び出せば、蹴り殺される』

『まあ、そうなの？』

国が滅んで、父王を殺されたというのに随分と呑気なことだ。

田舎の小さな屋敷で暮らしているからかもしれないが、不似合いな豪華な馬車を見てはしゃいだ声を上げているのだから、シックスは呆れるしかない。

年齢よりもずっと無邪気なのは、他人との接触が少ないからだ。特に同世代の少女たちとの交流などなかったから、幼いままなのだろう。

彼女の視線は通りの向かい側に止まっている馬車につながれた立派な馬に釘付《くぎづ》けだ。おそらくどこかの貴族か大富豪の持ち主だろう。あいにくと帝国の貴族の家紋には詳しくないため、馬車の刻印を見てもわからない。

そんな少女に、ガイハンダー帝国の軍服を纏《まと》ったダッケル・タンドは、にこやかに声をかけてきた。フェンネル・ゼイバがそれを止める。

『姫様のお迎えですよ。きっと、帝都まで乗せてくれます』

『おい、姫様の夫はスワンガン中佐だろう。あれは、伯爵家の家紋ではないぞ』

ぴりついた空気に、シックスは白けるしかない。

帝国内のゴタゴタを持ち出されたところで、自分たちには関係ないのではないかと言いたい。

そもそも、帝国軍人の質は高いと聞いていたが、彼らはどうも癖が強い。どこか下卑た空気を纏う。

噂に名高いアナルド・スワンガンほど高潔であれとは言わないが、勇猛果敢と聞いていた帝国軍人にしては覇気がない。

本気を出さずともシックスはあっさりと彼らを無効化できるだろう。

その程度の相手だということだ。

落城した最後の日、攻めてきていた軍人たちは皆一様に手練《てだ》れだった。だからこそ、シックスの仲間たちは死を受け入れたのだ。数だけの問題でなく、実際に勝つことはできなかったと悟るには十分であった。そして数多《あまた》の情報を持っている暗部を帝国軍があっさりと見逃すはずはない。拷問にかけてでも情報を搾り取ろうとすることは皆理解していた。だからこそ仲間たちは自決を選んだ。

それを知っているだけに、目の前の軍人たちに違和感が拭えない。

『シックス？』

帝国内の田舎の屋敷にシックスとティファニアを連れてきて、アナルドが戦地から帰還するのを待っていると説明を受けた。だが、それから手紙だけのやりとりで三年ほど放置しているくせに、ようやく迎えを寄越したと思えば、家紋が違うとはどういうことだ。

『迎えには間違いない。さあ、姫様、用意をしましょう。貴女の愛しい夫が帝都でお待ちかねですよ』

ダッケルの言葉に、ティファニアは瞳を輝かせた。

彼女がこの屋敷で、ずっと戦地に行ったまま戻らない夫を待っていたのは事実なのだ。だが、果たして乗り込んで大丈夫なのか。

一抹の不安を覚えたが、シックスはすぐに思い直す。

何かあれば、自分がティファニアを連れて逃げればいいだけだ。

仲間たちがシックスを道連れにしなかったのは、ただ彼が未成年だったからだ。暗部の見習いに見えるように装ってくれた。実力的には問題ない。

そう軽く考えて馬車に乗り込んで、辿り着いた先は帝都には違いなかったが、トレスイド侯爵家だった。そこで嫡男のデュルクム・トレスイドが困惑して出迎えたのだ。

もちろん、ティファニアは彼との婚約など決して受け入れなかった。

すでにアナルド・スワンガンとの婚姻が認められていると聞いたからだ。

だが、デュルクムの話ではアナルドは既婚者であり、帝国法で重婚は禁止されているという驚愕《きようがく》の話だった。妻となった女性は子爵家の娘ではあるが、商売にも手を出すやり手らしい。

だが、ティファニアはそんなデュルクムの話を一笑に付した。

彼女は、基本的に無邪気で我儘だ。だがそれから我を通すようになった。今まではなんでも我儘が通っていたから、強く言い出さなかっただけかもしれない。自分の思う通りに全てを運ぼうとする。いや、そもそも最初から、王が死ぬ前から彼女は我儘だったけれど、輪をかけてひどくなってしまった気がしてならない。

帰る国がないことが彼女を頑固にするのかもしれない。

父王が亡くなってからは都合のいい話しか聞こえず、頑《かたく》なにアナルドの妻であると思い込んでいる。アナルドに縋っているのだ。

実際にアナルドの妻であるバイレッタを見ても、馬鹿にするだけだ。ティファニアには若さと一国の姫という肩書きがある。だが、シックスから見れば、それは滑稽な自信にしか映らない。

対してバイレッタはお人よしだ。国を失ったティファニアの境遇に同情して、しばらくは彼女の好きにさせてくれるらしい。無理やりスワンガン伯爵家から追い出すようなこともしない。突然押しかけてきてどんな暴言を吐かれても、困っているだけだ。ティファニアがアナルドにしか頼れないのだと理解しているようでもある。それが、余裕のように見えて、さらにティファニアをイラつかせているとは思わないようだが。

本当に女神のような慈悲深い存在である。

けれど、シックスには我慢がならない。

現実を無視し続けるティファニアはどこまでも楽をしていて、シックスだけが泥を被っている気がする。

失われたゲッフェ王国で生き残った二人だというのに。

普通は助け合って生きていくものなのではないのか。

そこまではいかなくても、もう少しシックスを気遣ってくれてもいいのではないかと考えてしまうのだ。

腑に落ちないようなわだかまりがあるというのに、ティファニアが困っていれば助けてしまうし、彼女の平穏を願ってしまうのだけど。

刷り込みって本当に恐ろしいと震える。

シックスを道連れにしなかった仲間が、ティファニアを託したからだとわかっているが、彼らの最後の願いを自分はいつまで聞き続けなければいけないのか。

ティファニアのような勝手な主人など大嫌いなのに、結局見捨てられず、姿が見えなくなれば探し回って、こうして見つければ傍に控えてしまう。

自分の愚かさを呪いたくなって、シックスはもう一度深々と息を吐く。

別にそれほど大きな音を立てたわけではないが、ぱちりとティファニアの瞳が開いた。

「お目覚めですか、姫様」

「……助けるのが遅いわ」

「あれが精一杯です」

気だるげに口を開いたティファニアは、けれど次の瞬間にはふふっと屈託なく笑う。

『春宵姫』と呼ばれて久しい彼女の、よく見かける無邪気な笑みだ。

こちらの笑顔のほうが、ずっとティファニアらしい。少なくとも長年シックスが見守ってきた笑顔である。否、暗部が望んだ姫の笑顔である。

誰にも言っていないけれど、かつての仲間の愚かさをシックスは嘆いている。希望を託す相手を絶対に間違えているという点で、暗部はやはり愚か者たちの集団なのだ。

国王ではなく、姫に未来を託してしまった。守りたいと願ってしまったのだから。

「批難するの？」

「そのようなつもりはありません」

「そう……まあ、ちゃんと受け止めてくれたのだから許してあげる」

やはり、わざと気を失った演技をしたのか。

突然糸が切れた操り人形のような動きをするのは彼女の十八番《おはこ》である。

ゆっくりと体を起こして、彼女はぼんやりと虚空を見つめた。

「アナルド様にはなかなか会えないのね」

「警戒されているのではないですか」

「ふうん？」

帝都の通りで偶然に会ったアナルド・スワンガン中佐は一目で悪名高い『灰色狐』であると察するには十分だった。

恐ろしいほどの戦場での分析能力。冷徹に大軍を指揮できる人心掌握術。

何を聞いても軍人として素晴らしい男だ。むしろ憧れすら抱いていた相手でもある。

できれば手合わせを願いたい。むしろ殺し合いでもいいけれど、決して相手をしてくれそうにないことは瞬時に理解した。

彼がバイレッタに向ける表情のせいだ。

あれは、本当に誰だと初対面のシックスでも戦慄するほどだった。

冷酷無比の氷の中佐という触れ込みはなんだったのか。

噂なんて一瞬で霧散した。

ただの妻を溺愛している一人の幸福そうな男がいるだけだ。

噂以上に整った容貌が崩れるほどの蕩《とろ》ける笑顔で、宝石以上に輝くエメラルドグリーンの瞳を煌《きら》めかせて。全身で妻を愛していると語る男がいるだけである。言葉を交わすまでもなく、見せつけられた。

あれがティファニアの夫？

絶対に嘘だ。

しかも軽く質問するという理由で軍務に連れていかれたが、そこでティファニアに対峙したアナルドの鋭くも冷たい視線といったら。バイレッタに向けるものとは、全く異なるもので、シックスは戦慄した。

ティファニアは本当の妻を証明するとアナルドが言ったと話したが、それは実際にはバイレッタを本当の妻だと証明すると話したのだ。また都合よく受け取ったなとシックスは呆れた。

その上ティファニアが余計な口を開くたびに、彼の機嫌が低下していくのがわかる。傍にいたアナルドの部下らしき男も真っ青になっていたのだから、シックスの感覚は間違っていないはずだ。

ティファニアをすぐに黙らせたくなったが、自分の制止など聞く彼女ではない。

本当に辛《つら》い時間だった。

そもそも今回の話は最初からおかしかった。それくらい、シックスも理解できた。

そんなに頭がよくない自分だけれど、ティファニアの夫がアナルドというのは不審に思えた。デュルクムが相手だと言われたほうがまだ確信できたほどだ。そんな彼もきちんと恋人がいたので、本当にこの姫は人気がないのだなと呆れるしかない。

所詮、小国の姫だ。

狭い世界でもてはやされて、有頂天になっていただけなのだと知る。

シックスが帝国にやってきて感じたことだ。だというのに、ティファニアには理解できないらしい。

さて、この事実をわからずやの姫になんと伝えればいいものか。

だから、帰ろうと言ったのに。

彼女は幸福になれないと言ったのに。

『当然よ——だって、何もしてないじゃない？』

何をするつもりだとシックスは思わず体をこわばらせてしまった。

本来の姫は、無邪気さを装っただけ。本質は我儘で、我慢の利かない性格だ。

自身の望みや欲する物を手に入れるために手段を選ばない小狡《こずる》いところがある。

そんな彼女が、アナルドに執着している。

彼女に命じていた父王はすでに没して久しいというのに。

彼女は自由であるはずだというのに。

恐怖以外に何がある？

シックスはかつての仲間に――彼女を心酔していた暗殺者たちに心の中で問わずにはいられない。

「ねえ、シックス？」

名前を呼ばれて、シックスは身構える。

彼女のおねだりは昔から、父王の意向を汲《く》んだ物騒なものばかり。暗部にもてはやされる姫が、毒々しいのは当然かもしれないが。

「バイレッタは邪魔だと思わない――？」

ねっとりとした口調は、シックスの鼓膜の奥に絡みついたのだった。

間章　矮小な愛し方

デュルクム・トレスイドは小器用な人間だ。

貴族派の中でも筆頭に次ぐ御三家と呼ばれる侯爵家の嫡男という肩書きもさることながら、父と母の容姿のいいところをかけ合わせた凛々《りり》しくも可愛い容姿を生かして、周囲を欺くことは簡単だった。苛烈な性格の姉三人には苦労をしたけれど、持ち前の器用さでそつなく逃げ回った。頭も悪くなく、帝都一と呼ばれるスタシア高等学院にも入学することができた。

そんな順風満帆な人生だったが、入学してから引っかかることが増えた。それも特定の人物で、その上すでに卒業している女子生徒だ。

例えば、乗馬が一番上手《うま》かったのはバイレッタ・ホラントだ、とか。

例えば、学院で一番騒がれていたのはバイレッタ・ホラントだ、とか。

成績上位者には決して名前があがらないのに、卒業間際に刃傷《にんじょう》沙汰を起こしてしまったというのに、その時代には同じく御三家の嫡男であるエミリオ・グラアッチェがいたというのに、ふとした折に耳にするのはバイレッタ・ホラントなのだった。

　だから、彼女のことはなんとなく気になって現在の状況を調べてしまった。

　卒業してすぐにスワンガン伯爵家に嫁いで、その後八年間も夫から放置されたらしい。彼女の夫は長引くだろうという噂の戦争に行っていたとのことだが、手紙のやりとりもなくお互いの顔すら知らなかったというのだから驚きだ。その間に彼女は叔父や義父と爛《ただ》れた関係になって、帝都に店を持って、縫製工場まで経営しているらしい。

　なんというか、女傑というか、逞しさしか感じない。

　同じように毒婦と呼ばれるライデウォール女伯爵とはまた異なった路線の女傑である。毒婦にもいろんな種類がいるのだなと思わず感心してしまった。そんなふうに噂を聞いていたら、女伯爵はやらかしたらしくあっさりと社交界から退場してしまった。社交界デビューをしていないデュルクムには詳細はわからなかったが、それにもバイレッタが関係しているらしい。

　やっぱり最強じゃないか。

　呆れにも似た感心は続くばかりだ。

　だからなんとなく、魔が差したとしか言いようがない。

　貴族派でありながら、卒業後は立法府ではなく行政府へ就職を希望した。スパイというほどのことではないが、行政府に入る貴族派もいないわけではない。けれど、嫡男は基本的にギーレル侯爵が議長を務める議会である立法府に行くとなんとなく決まっていた。エミリオ・グラアッチェも議長補佐官で、もう一つの侯爵家の嫡男も立法府で働いている。

父からはうるさく言われたけれど、想像以上に行政府は面白かった。

だが、ここでもバイレッタの名を聞くことになった。

自身の工場の火事を起こしたのを放火であると突き止め犯人を検挙しただの、立ち退きを要請されたのを手を回して一蹴しただのと、武勇伝がさらに大きくなっていた。もちろんデュルクムが行政府に入った時にはすでに解決していた案件である。そもそもそれらは軍や立法府で片づけられていて、行政府が関わったことといえば工場の申請書や年度の決算報告書など経営書類ばかりであり、真っ当なものだった。にもかかわらず新人には必ず語って聞かせるとっておきの話らしい。

一度も見たことはないがどれほど妖艶で、どれほど大きな女なのかとちょっと怖いもの見たさも手伝って社交界にデビューする日を心待ちにしていた。

そうして初めて参加した夜会で見たのは、苛烈な美女だった。

ストロベリーブロンドの艶やかな長い髪を器用に結い上げ、吊り目がちのアメジストの瞳は透き通るように輝く。月の女神とも噂されるが、毒婦とも呼ばれるだけはある。

自分の姉たちを彷彿とさせる激しい性格なのだろうなと思いながら、その時は遠目から眺めるだけだった。

だから、バルコニーでバイレッタの隣にいた小さな少女を見かけた時に、思わず声をかけていた。

「こんばんは、お嬢さん。こんなところで可愛らしい子が一人でいると危ないよ？」

「ええと……？」

「ああ、申し訳ない。僕はデュルクム・トレスイドだ。君、今日デビューしていた子だろ？」

「はい、申し遅れました、ミレイナ・スワンガンと申します」

彼女はまん丸な水色の瞳を細めてにっこりと笑うと、綺麗《きれい》なお辞儀をした。

洗練された姿に、姉たちで見慣れてはいても感心してしまう。

今日がデビューとは思えないほどに、美しい姿だ。

その上、とても可憐である。湖の妖精だと言われても納得してしまうほどに。

単純なお辞儀でこんなに可愛いをアピールされるとは思わず、面食らってしまった。

もちろん、あの苛烈な姉たちにこんな可愛げなど微塵もないので、初めての経験である。

「デビューしたての子を一人で置き去りにするなんて……もしかしていじめられているの？」

スワンガン伯爵家の家族構成は複雑だ。今の伯爵夫人は後妻で、ミレイナは後妻の娘だ。社交界には今日初めて出てきたので、普段は年の離れた姉たちに連れ回された女性たちのお茶会くらいでしか様子を聞いたことはない。もちろん見た目が美少女のデュルクムは女性たちのおもちゃ扱いだったけれど、美味《おい》しいお菓子を食べられるという楽しみもあったので半分はねだって連れて行ってもらっていた。

そこでの噂ではスワンガン伯爵が夜会に連れ歩くのは伯爵夫人ではなく、息子の妻であるバイレッタだ。歪が窺えるというものである。

この日は伯爵夫妻とバイレッタにミレイナと四人一緒にいたけれど、内情は複雑なのだろう。

「君の義理のお姉さんの噂はよく聞いているから、少しでも力になれたら――」

「いいえ！　レタお義姉様は、とっても優しくしてくれます。私たち家族の恩人ですもの」

「恩人？」

これまで聞いたこともないような言葉を告げられて、デュルクムは思わず頓狂な声を上げた。

ミレイナは気にした様子もなく、身を乗り出して言葉を続けた。

「昔、お父様がお酒を飲まれて酔って暴れた時にお母様を助けてくれたのです。格好よくて優しくて綺麗で素敵なお義姉様なんです！」

きらきらした水色の瞳が、さらに輝いて熱を帯びる。

可愛い子がますます可愛く見えた。

誰かにこんなふうに慕ってもらえるバイレッタが羨ましくなった。

デュルクムの身内は強烈で鮮烈で他人を蹴落とすことが大好きな姉三人だ。学院時代でも女友達なんていなかったし、声をかけられても厳格な父親が婚約者候補を連れてくるから交流を禁じられていた。

だから初めてまともに女の子と話したことになる。

バイレッタのことに夢中になりすぎていて、うっかり失念していたほどだ。

「ええと、伯爵は酒に酔うと暴れるの？」

「私が六歳くらいまでの話です。それにお義姉様が来てからは一度もありません。お父様はその後、私とお母様にも謝ってくれました。でも、私も悪かったんです。お母様を一度も助けられなかったのですから」

「いや、六歳なら無理でしょ」

今でも小柄な少女なのに、十年も前ならもっと小さかったに違いない。

それは簡単に想像がついて、ぶるりと震えてしまった。

こんな小さな子に暴力を振るうだなんてまともじゃない。だが、それが幼い彼女の日常だったのだ。

「でもお母様の味方をできるのは私しかいなかったから。だから、お母様に謝ったんです、怯えてばかりでごめんなさいって。そしたらお母様も怖い思いをさせてしまったって二人で謝って……抱きしめ合いながら、わんわん泣いたんです。だから、その時にお母様と恩人のレタお義姉様は絶対に守るって誓ったんです。その頃からお義姉様にはいい噂は一つもありませんでしたから」

「ええと？」

この話はどこに帰結するのか。

彼女の不幸自慢ではなく、母子《おやこ》の絆《きずな》の話でもなく？

デュルクムの頭は混乱して、義姉と呼ぶバイレッタの噂を思い浮かべた。

確かに、世間一般の理想とされる貴婦人とはかけ離れた噂の数々を。

「レタお義姉様は私を溺愛してくれるんです。いつも可愛いって言ってくれます。今日のドレスだってお母様とお義姉様がいっぱい考えて用意してくれたんです」

ミレイナはドレスのスカートをつまんでくるりと回ってみせた。

「素敵でしょう？」

「うん、可愛い。君によく似合ってる」

デュルクムは素直に頷いた。

うっかり妖精かと思うくらいには、とても愛らしい。

「当然です。お義姉様のお店で作ったもので、私への愛情がいっぱい詰まってるんですもの！　だから、レタお義姉様を悪く言わないでください」

「そうだね、僕が悪かった。ごめんなさい」

衒《てら》いなく謝ったデュルクムに、ミレイナはなぜか目を丸くして、ため息をついた。

「はあ、素直にきちんと謝れる男の人もいるのに……お兄様ってば」

「君のお兄さん？」

「お義姉様にずっとひどいことをしているのに、ちっとも反省しないのです」

なぜかぷんすか怒っているミレイナも可愛くて、つい笑ってしまった。

姉たちが怒るとにかく手がつけられない暴れ馬のようであるというのに。

「笑いごとではないのです。本当に最低なんですから」

「お義姉さんは悪く言うなって怒ったのに、お兄さんには厳しいんだ」

「もちろんです。軍人だからほとんど家にはいないんですけど。いたらお義姉様を怒らせたり悲しませたりばかりで。あの人、女心が全くわからない朴念仁なんです。だからお義姉様が苦労ばかりして本当にお可哀そうなの。さっさと離縁すればいいのにと思うわ」

「ふふ、そうなんだ？」

社交界に義理の父親とばかり出てくるのは、何か理由がありそうだ。

どう考えても噂のような愛人関係とは思えない。

こんなに可愛い義妹が、崇拝しているというレベルまで愛している女性なのだから。

「ミレイナ、こんなところにいたのね」

夜会の会場からやってきたバイレッタが、バルコニーにいるミレイナを見つけて、隣に立つデュルクムに気がつくと鋭く目を細めた。

美人に睨まれると本当に迫力がある。

デュルクムの姉も美人の部類だが、それとはまた異なる圧を感じた。

むしろ猛禽類《もうきんるい》に睨まれている蛇の気持ちかもしれない。

「初めまして、スワンガン夫人。私、デュルクム・トレスイドと申します」

「一人でいると危ないからって声をかけていただいたの」

ミレイナが慌てて言い添えてくれたおかげで、彼女の視線は一瞬でやわらいだ。

「そうだったの、ごめんなさいね。一緒にいてくれてありがとうございます、トレスイド様」

「いえ、お可愛らしい淑女のお役に立てて光栄でした。ミレイナ嬢、今度貴女の最愛の方の武勇伝をお教えしますよ。僕は後輩にあたるので、学院内に残る数々の伝説を知っているんです」

餌を撒《ま》けば、ミレイナはキラキラした瞳を向けて大きく頷いてくれた。当の本人が不思議そうにしているのがおかしかったけれど、まさか笑うわけにもいかず、一礼してその場を後にする。

こうしてミレイナとの逢瀬を重ねれば、さすがにバイレッタからは睨まれることになったが、恋人が可愛いので仕方ないと思ってほしい。

「幸せの絶頂にいたっていうのに、なんでこんなことになったんだ」

部屋に引きこもって、どれほどの時間が経ったのかはわからない。食事もとらないでいたので外はすっかり暗くなっている。デュルクムはカウチから体を起こして、ため息をついた。空腹は感じないけれど、別の飢餓感が襲う。

ミレイナに会いたい。

あのふんわり優しい笑顔に包まれて、あったかい体を抱きしめて、それで可愛らしい唇に触れて——。

儚げに見えるのに、芯が強い彼女は、どこまでもしっかりしている。

デュルクムが見せる弱さにも寄り添ってくれて、ずっと傍にいてほしいと願った。

彼女は笑顔で頷いてくれたのに。

結婚したら毎日でも訪れる当たり前の日々が、ある日、父の侯爵の一言で無に還《かえ》った時の衝撃は忘れられない。

『旧ゲッフェ王国の姫と結婚しろ』

南部戦線の際に、落とした小国のうち、領主が定まっていないのが旧ゲッフェ王国の領土だ。それを帝国貴族派は旧ゲッフェ領と呼ぶ。新しい領主が名前をつけていいと言われている場所だ。

それを数年、帝国貴族派が争っていたことは知っている。だが、関係あるのは、嫡男以外の継げる者がいる家門だと思っていたのだ。

なぜ、父に命じられるかわからない。

だが反論など一切許さない、横暴な父らしい宣言だった。

彼女はすでに、スワンガン伯爵家の嫡男で軍人のアナルドと婚姻しているらしいと告げても、父はそんなもの簡単に無効にできると取り合わない。

行政書士であるデュルクムにはアナルドと姫の婚姻証明書には、不備があるのだろうと推測するくらいだ。

だが、なぜ父がそんなことを知っている？

父が無能とまでは言わないが有能でないことは知っている。広大なトレスイド領を治めることができていないことも物心ついた頃から理解していた。

大きなものばかりを見て、細かいことに集中できない性格なのだ。だから、何をやってもうまくいかない。綿密な計画など描けない男なのだから。

そんな父が婚姻証明書を無効にできると知っていることに違和感を覚える。

アナルドと先に婚姻しているのなら、まずはアナルドをどうにか排除する方法を考えるだけだ。それも短絡的に。そうではないことに、誰かの思惑が絡んでいると察するには十分だった。

だから、デュルクムはすぐに父がミレイナにも通告したのだと悟ることができた。どんな手紙を書いたかなど聞かなくてもわかる。一方通行の別れの手紙だろう。デュルクムの恋など所詮、お遊びだとでも考えているのかもしれない。いや、むしろ貴族派の益にならないと判断したのかもしれない。

とにかく情報が足りない。

何が自分の周りで起こっているのか正確に把握する必要がある。

結局、思いつくのはサミュズ・エトーに接触することだった。

デュルクムが知る限り、帝国の一番の情報通は彼だ。

大陸全土に跨《また》がる大商人、ハイレイン商会の会頭。バイレッタの叔父で、ミレイナもそれなりに可愛がってくれている。

一目で食えない男であることはわかった。穏やかそうな風貌だというのに、どこにも隙がない。四十過ぎという若さであるのに、妙な貫禄がある。人懐こい笑みを絶やさず浮かべているところも曲者《くせもの》だ。

わかっていたのに、打開策が思いつかずに面会を希望して、見事に玉砕してしまった。あの人が望む対価など、デュルクムに用意できるはずもない。助力だけを望むのは無理だとわかっていたのに。

『若さを笠《かさ》に着るのも、相手によるだろう？』

デュルクムの浅はかさを一言で指摘され、打ちひしがれただけだった。

八方塞がりで、目の前が真っ暗になった。

成人したばかりの若造に、貴族派の思惑も、軍人派の悪意ある攻撃も、亡国の姫の相手も何もかも重すぎるのだ。

せめて一つだけでも、慈悲くらい残してくれてもよくはないだろうか。

切実に、ミレイナの温《ぬく》もりが欲しかった。

可愛い恋人に慰めてほしい。

結局、謝罪しに行ってもミレイナに会えやしなかったけれど。

はあと盛大にため息をついて、ふと引っかかりを覚えた。

思い起こされるのは、昼間に会ったサミュズの言葉だ。

『ああ、最近仕事のほうはどうだい』

薄暗がりの中、膝を抱えてカウチで丸まっていれば、ようやく冷静さが戻ってきた。

頭の芯は鈍い痛みを訴えるものの、妙に冴えてもいる。だから、デュルクムは思うのだ。

あんなふうに追い返したのを誤魔化したにしては随分と不自然ではないか？

いや、久しぶりに会ったという体では間違いはない話題ではある。

だが、サミュズにしてはいささか唐突しすぎやしないか。

「──仕事?」

デュルクムが勤めているのは、行政府だ。

監査部であるので、各行政の監査をしている。

いや、そうではないのかもしれない。行政府の仕事は多岐にわたるが、基本的に行政の管轄だ。つまり、各種領地の運営にも一部監督権限がある。

「ち、ちょっと待てよ……」

慌てて顔を上げて独《ひと》り言《ご》ちる。

これは誰かに嵌められているのではないか、とふと思い至ったのだ。

帝国軍に匿《かくま》われていた姫を連れ出したのはギーレル侯爵であると聞いている。苦労しただろうと推測できるのに、なぜ、トレスイド侯爵家に姫を押し付けた。

姫の婚姻の相手はどう考えても旧ゲッフェ王国の領主になる。

トレスイド侯爵家はすでに領地があり、嫡男はデュルクムだけだ。

どれだけ豊かな領地であろうと二領を治めるほどの器用さは持ち合わせていない。

二つの領地は遠く離れているので尚更だ。

この話に面倒さはあっても、うまみは少ないのでは？

そもそも父はいったい、何に目を奪われてこの話を引き受けたのだろう。押し付けられたにしても侯爵家の権力があれば断れたのではないのか。

確かに貴族派筆頭のギーレル侯爵に頼まれれば断れない。だが、父はかなり乗り気なのだ。

旧ゲッフェ王国は豊かな穀倉地帯と銀山があるとは聞いている。確かに魅力的ではあるが、トレスイド領だって、それなりに資源はある。なぜ、今更別の領地を欲しがるのか。

そこまで考えて、ふと悪寒を覚えた。

サミュズの言葉が再度思い起こされる。

まさか、前提が間違っているのか？

だとしたら、この話はトレスイド侯爵家をさらに陥れるための罠《わな》でしかない。考えたくはないが、それが一番しっくりくるのだ。

だが、ここに至ってなお、デュルクムは目を背けたくなった。

気づきたくはない真実に、両手で顔を覆って呻く。

ミレイナに会いたいのに、きっと現実を知れば、バイレッタはデュルクムを許してくれないだろう。

義妹を溺愛しているやり手の実業家だ。

しかも、婚家の領地経営まで担っていると聞いている。

その上、彼女の上げる収益は莫大《ばくだい》だ。

数々の流行を生み出し、率先して収益を上げているのだ。スワンガン領の税収増加も彼女の手腕だと聞いている。

たかが貴族派の侯爵家の嫡男で、行政府の役人が勝てる相手ではない。

自分は矮小《わいしょう》でみっともない存在だ。

小器用だと思っていたけれど、自嘲するしかない。

ミレイナへの純粋な恋情が、どこか打算めいたものに感じられる。後ろ暗いことができてしまったからだ。

いや、現状はまだ推測だけれど、ほとんど確信めいている。

だとしても、もう手放せない。

ああ、これが自分の愛し方か、と諦めた。

矮小さを認めてしまったのだった。

その時、控えめなノックの音が部屋に響いた。

正確な時間はわからないが、それほど深夜という時間ではないだろうが、家人が不用意に部屋を訪れるほどでもない。

「なんだ？」

眠ったふりをすることも考えたが気になって声をかければ、開かれた扉の向こうにはスワンガン伯爵家に置いてきたシックスが立っていた。

「今日の報告は必要ですか……？」

シックスは屋敷から逃げ出したティファニアを一晩中探し回って、大通りで行き倒れエルメレッタに助けられた。その上、やってきたアナルドに連れて行かれていくつか質問を受けたのだ。

そうしてわざわざトレスイド侯爵家に戻ってくるなんて、どんな体力なのか。

彼の疲労を思って、無下に断るわけにもいかず、デュルクムは尋ねることにした。

「中佐は何を知りたかったんだ？」

「帝都で最近、軍人たちが襲われているらしいです。その犯人を追っている、と」

確かに一番怪しいのはシックスだ。

滅ぼされた国の軍服を着ているから尚更だろう。だが、シックスが犯人でないことはデュルクムが一番よくわかっている。

彼は剣や刃物が一切持てないのだ。

ティファニアの騎士として雇うとなった時に、見かけだけでも剣を持たせたら震えて取り落としてしまった。結局帯剣せずに、軍服で誤魔化しているだけなのである。大抵の人間は亡国の軍服を見るだけで近寄ってこない。怪しいことこの上ないが、ティファニアを守るためには仕方がないと受け入れたのだった。

「アナルド様にはお前の体質がばれたんだろう？　だからすぐに解放されたんだよね」

「そうですね、実際に剣を持たされました。やっぱり落としちゃって……」

しゅんと項垂《うなだ》れている姿を見れば、単なる大型犬にしか見えない。

本当にシックスは落ちこぼれたから生き延びられたのだろうと簡単に想像がついた。その落ちこぼれが生き残った姫の騎士なのだから、どこかの物語になりそうな話だ。姫が求めた恋人は残念ながら、冷徹冷酷と名高い狐で、別の女を妻として溺愛しているのだが。

現実はなんともうまくいかないものだと呆れるしかない。

「お前の体質はわかっているから。で、具体的には何を話してきたの」

「他にゲッフェの生き残りの兵がいるか知っているかとか、あとなんとか小隊を知っているかと聞かれました」

「小隊？　っていうか、名前を覚えてないのか」

「聞いたことがなかったので、覚えられなかったんですよ。なんか大陸共通語じゃなかったんですよね」

「ああ、軍人は嫌みも込めて旧帝国語を隠語に使うことがあるんだよ」

貴族派の連中が馬鹿にしながら、話していたのを小耳にはさんだことがある。正直、どっちもどっちだなと思ったものだ。旧帝国貴族の血統を大事にし、旧帝国語を使いたがる議会も、嫌みに隠語として使う軍も。

しかし、隠語を使った小隊とはなんだろうか。

今回の事件に関係があるのだろうが、デュルクムにはわからなかった。

「今日の報告は以上かな」

「はい」

「じゃあ、疲れただろうから今日はもう休め。またスワンガン伯爵家に戻るんだろう」

「そうします」

脱走癖のあるティファニアのせいで、シックスは連日寝不足だ。夜通し寝ずの番をして、朝には護衛をしているのだから当然だろう。その上、今日は徹夜である。

だから、道で倒れたのだとわかる。

それをエルメレッタに踏まれたというのはよくわからないが。本人が喜んでいるのだから、デュルクムは最大限の優しさで聞かないことにした。

エルメレッタが天使なのは変わりないし。

あの子はいつもにこにこして叔母を慕っている優しい子だ。

だから、それでいいのだ。

シックスも限界なのだと察するには十分である。

「おやすみ、シックス」

「はい、おやすみなさい」

気の抜けた笑顔を返した男に、デュルクムはなんとなく毒気を抜かれたのだった。

第三章　見据えるべき未来

帝都にある軍の施設のうち、アナルドが与えられているのは中央司令本部の軍務部の一角である。

その一室の広めのテーブルを前に、サイトールがいくつかの資料をアナルドに手渡した。

座していたアナルドは、立位のサイトールを見やってすぐに視線を書類に落とす。広げられた書類は何十枚にも及んだ。

だが、ここにアナルドの望むものがないのはわかっていた。

「バイレッタとの婚姻証明書を持ってくるようにお願いしたと思いましたが？」

「だから、それは行政府から断られているとお答えしましたよ。本人が手続きすれば閲覧は可能とのことですが、少し様子はおかしかったですね」

やはりモヴリスがバイレッタとの婚姻証明書を押さえているということだろうか。どんな伝手《つて》を使ったのかは知らないが、アナルドはこれでしばらく姫を邪険にすることができない。つまり、会わないように気を付けるということだ。

「ちなみに姫との婚姻証明書はどうなりましたか」

「そちらも大将閣下が大切に保管されているので難しいとお伝えしましたよね。ゲッフェ王国を滅ぼした後、戸籍などの管理は軍に一任されて、その後帝国の行政部へと移行しています。その際に、閣下の介入があったと推測されます」

だから書類はモヴリスが手元に留めているのだという。

そんなことが可能なのかはさておき、つまり悪魔な上司に頼まなければ見せてもらえないということだ。

簡単にバイレッタだけが妻であると証明できると思ったが、そううまくはいかないらしい。賭けの勝敗はなかなか決まらないものだ。

「では、報告を続けさせていただきます」

サイトールはアナルドの心情をあっさり無視して、きびきびと告げた。

「これまで被害者はわからないとされていましたが、再度こちらで調べたところ襲われたと目される軍人たちのリストと、発見時の報告書です。ご覧になっていただければわかりますが、時間や場所に共通点はありません。残された血痕の量から推測されるとそれなりに重傷ではあるとのことです。怨恨の線が濃厚というのが、今のところの見解ですが定かではありません。また場所の共通点をあげるとするなら、帝都ということでしょう」

範囲が広すぎて、絞りきれない。

帝都に軍人が何人いると思っているのか。

「不審な点は？」

「しいて答えるなら、すべてが不審ですね。襲われたはずの軍人が失踪する。唯一軍病院に収容された者は決して口を割らないし、我々の調査には非協力的。病室を追い出されるほどに、顔も見たくない、と。その上襲われた軍人たちの経歴を見てもらえばわかると思います」

ファイルを開いて、書類を見やれば軍人たちの名前と所属先、これまでの軍歴の一覧が並んでいた。いくつか眺めたところで、アナルドはサイトールに視線を戻した。

「経歴が途切れている？」

「そうです。同じ時期に、突然彼らは所属していた部隊を離れています。その後の所属先は不明となっていますが、どうやら特務についていたと……」

「特務？」

サイトールが顔を顰めたので、アナルドも上司の顔を思い浮かべる。

一年前もサイトールは特務を与えられている。何が特務だと悪態をついていた姿を覚えているだけに、彼も同じ人物を思い浮かべているのではないかと簡単に想像がついた。

「モヴリス・ドレスラン大将閣下ですか」

「その可能性が高いと考えられます」

「他に同じ時期に所属部隊を離れて、その後の所属先が不明である者を探して話を聞くほうが、犯人の目星もつくのでは？」

「この時期は南部戦線の最後の停戦間際ですよ。混乱しているし、死傷者が多く、除隊者もかなりの数です。残務処理に追われていたスワンガン中佐ならご存じでしょうに」

また、南部戦線だ。

最近、よくこの名前を聞く。

「大将閣下に尋ねるのが一番早いでしょうが……」

「早いように思うところが落とし穴でしょうね」

なんでもかんでもあの上司につながる。

サイトールが弱り切った顔のまま提案してくるが、アナルドはあっさりと断じる。

この軍人が襲われる事件を解決しろと命じた張本人が、何かしらの形で関わっているのだとしたら、十中八九アナルドをからかって遊んでいるのだ。

「なぜ、あの人は大将なんですかね……？」

アナルドの気配から、モヴリスに尋ねるのは下策だと察したサイトールが呻くようにつぶやいた。なぜかしきりに胃をさすっている。

「優秀だからでしょうか」

「人格が伴わないのですが」

「人格は大将就任の基準に含めないのでしょう」

モヴリスの前任の大将であるヴァージア・グルズベルは本当にできた人格者だった。彼ですら、モヴリスの制御には苦労していたと聞いている。傍で見ていて、アナルドはそんなものだと思っていたが、こうして野放しになっているのは考え物なのかもしれない。

「今考えても仕方がないですね。帝都の見回りを強化しましょうか」

アナルドが無難な案を呈すれば、サイトールも仕方ないというように頷きを返した。

「わかりました」

サイトールの顔色は悪いが、それ以外に提案することができない。

アナルドは胃を押さえて頷く部下を静かに見つめた。

そうして翌日には、同じように呻くサイトールを前に話を聞いている。

目まぐるしく仕事をしているはずだが、同じような状況に仕事の進捗状況が迷走する。

アナルドはいったいいつ妻の元に帰れるのだろうかと思案するだけだ。

サイトールは上司の憂いは無視して、本日の報告を終えた。それからそういえばと言葉を続ける。

「あの男は本当に、元ゲッフェの暗部の者ですか?」

昼間に出会ったシックスを軍の施設に連れてきて事情聴取を行った。それを終えたサイトールが、戻ってきて訝しげにアナルドに問いかける。

「伝えた以上の話は聞いていないのですが」

事情聴取を行った報告書を読みながら、話を聞いていたアナルドはサイトールの違和感にもなんとなく同調できた。

「それにしてはなんとも気が抜けますね」

込められた言葉は憐れみや蔑みではなく、純粋な感嘆だった。

シックス本人がそれを聞けば喜ぶかどうかは定かではない。

確かにサイトールが困惑するほどに気が抜ける男だ。

元ゲッフェ王国の暗部とはアナルドも遣《や》り合《あ》ったことがあるが、奇襲と暗殺を得意とする殺人集団だった。どこからともなく現れてあっという間に首を斬られている。農耕民族のくせに意外に好戦的だと呆れたものだ。だから、戦闘に特化した者が必要だったということなのだろうが。

「サイトール中尉は、暗部とは遣り合わなかったのですか」

「いえ、一度、いや二度か。襲われましたね。あの最後の城落としの時が一番ひどかったですが、常に急所を狙ってくるし、身軽で速さがあるので厄介だった覚えがあります」

「俺の記憶も同じですね。それが、あの日、城が落ちた後に残党兵を探してみれば裏庭で毒を飲んで全滅していたのですから――」

「それは報告にもありましたが、結局集団自決だったんですよね？」

サイトールもゲッフェ王国の暗部については調査報告書を読んだらしい。

確かに、報告書は集団自決と推測して終えられていた。

「抵抗のあとがなかったんです。それこそ大将閣下が王を落としたと情報を流したらしいですから、悲観して一斉に毒を飲んだと」

ゲッフェ王国の暗部が城の至るところに配置されていた。それと帝国軍が遣り合っている時に、残りの暗部たちは死んでいた。

王を取られて未来がないと悲観しての自死と当時の軍は判断した。けれど、アナルドは今朝対峙したシックスを思い浮かべた。構えだけでも相当の手練れだと判断した。あれほどの男が生き残って姫の護衛をしている事実に引っかかる。

今回の軍人が襲われている事件とどうつながるのかはわからないが、違和感が残るのだ。

「全く、帝都で軍人が襲われるというだけで厄介なのに、襲われた者たちは揃って失踪しているし。犯人は亡国の兵士の復讐だなんて言われて、その上襲われた軍人たちがベッツネアーゼ小隊なんだから、現世でなくあの世でやってほしいですね」

『ベッツネアーゼ』は旧帝国語で『亡霊』という意味だ。

特務小隊の中でもとりわけ極秘任務にあたっていた小隊の名前らしい。

もちろんそんな小隊がいたことをアナルドは知らなかった。何をやっていたのかも知らない。ただ、モヴリスからその名前を伝えられたので、きっと彼の作戦の何か重要なことを担っていた特務小隊なのだろうと思うだけだ。

「結局、失踪した軍人の足取りもつかめないと？」

「そうですね。相当に、後ろ暗いことに加担していたのでしょう。閣下はなんと仰せで？」

鍵を握っているのがモヴリスだと判断して、アナルドは上司に話を聞きに行った。

もちろん一筋縄で行く相手ではないのはわかっている。結局、特務小隊の名前くらいしか聞き出せなかった。それはこちらの調べでも判明していることであるので、碌な収穫はなかったことになる。

サイトールには襲われただろう軍人たちの足取りを追ってもらっているが、やはり行方知らずのまま。

さすがに行き詰まった。

「ドレスラン大将も、何も知らないと」

「解決させるつもりがありませんよね？」

アナルドが感じたことを、サイトールも思ったようだ。

底の知れない上司は自身の楽しみのためなら、非情だ。

いや、軍の大将がそんな性格でいいのかは謎だが、厄介な性根であることは間違いがない。

解決しない問題があるということを自分が知るべきか。

そもそもアナルドに関わらせる理由はなんだ。

嫌がらせの一環であることも加味して考えてみるが、悪魔な上司の思惑など察することは難しい。

たとえば、アナルドが無様に取り乱すところを眺めて楽しみたかったと言われても、納得してしまうような性悪上司である。

さすがにみっともなく取り乱したりはしないが、釈然としない。

「ところで話は変わりますが、見回りの連中がフェンネル・ゼイバを見かけたと報告を受けました」

帝都で軍人が襲われると聞いて、その対象が特務小隊の隊員であることまでは突き止めたものの、その任務にあたっていた人数もわからなければ、あとどれくらい襲われるのかもわからない。

唯一判明しているのはフェンネル・ゼイバであるが、彼はなぜか事件が起こる前に姿を消していた。襲われることを予感していたとしか思えない。逃げ回っていて、まったく捕まえられない状態である。

「やはり帝都を出ていなかったということですね。では、今度は捜索目的で、帝都を巡回してください」

そう命令をして立ち上がったアナルドに、サイトールが怪《け》訝《げん》な瞳を向けた。

「どちらかへ向かわれるのですか」

「少し出てきます」

「……どちらへ？」

なぜか胡乱な瞳を向けられて、アナルドは首を傾げた。

「何日家に戻っていないと思っているんですか」

「まだ帝都に戻ってきてから二日目ですよ。早くないですか。それに私も全く同じなんですが」

「軍人の離婚率が高いのは死別ではなく、家庭の滞在時間が短いせいだと聞きました」

「それで？」

呻くように問いかけてくるサイトールに、アナルドは自信満々に答えた。

「家に帰ります」

「こんな軍人狩りなんて、帝都にずっと駐屯している部隊が関わるべきですよね。なぜ戻ってきたばかりの部隊でやらなければならないのでしょう。大将閣下に押し付けられたんですよね。つまりそれだけ、中佐が閣下を怒らせたか不機嫌にさせたということでしょう。私にはそれに付き合う義理はありませんが？　私こそ、家に帰してくださいっ」

「努力が大事だと言われましたよ。つまり、家に帰るための努力を俺は惜しまない」

「私だって賢明に努力はしてますよ。あんただけ逃げようだなんてできるわけないだろう。そんな時間があると思うなよっ」

サイトールが吠《ほ》えた。

◆　◆

「まだ、あの愚か者とは連絡がつかないのか？」

スワンガン領地から届いた報告書の確認のため、連日執務室に籠もっているワイナルドは、憮然《ぶぜん》とした顔のまま問いかけてきた。

手伝えとバイレッタを呼び出したと思えば開口一番にこれである。

自分で確かめればいいと思うのだけれど、相変わらずこの親子は直接的な交流がない。

義父が指す愚か者が、アナルドであると察したバイレッタはしれっと答える。

「お仕事が立て込んでいるのではありませんか」

ワイナルドはふふんと意地悪く口角を上げた。

「随分と機嫌が悪いな」

叔父も義父も、なぜバイレッタの機嫌を気にするのか。

「これほどお仕事を抱えているお義父様が、楽しそうなご様子で安心しましたわ。もっと増やしても大丈夫そうですわね」

「貴様はすぐにそうやって減らず口を叩く……」

アナルドと喧嘩したと知っていても傷口を抉《えぐ》るように吹っかけてくるのがワイナルドである。

それともいつかやり込めると思われているのだろうか。

ティファニアにチョロいとか言われていたくせに。

「いいじゃありませんか。お義父様の理想とする口ごたえのしない可愛い嫁ができましたわよ」

「なんだ、馬鹿馬鹿しい嫉妬か。そんな感情があるならあの不愉快な息子に言え。飛んで帰ってくるぞ」

不機嫌そうに鼻を鳴らしたものの、ワイナルドはなんとも言えない顔をしている。笑いを堪えているようなしかめっ面だ。

どこに面白がる要素があったのか問いただしたいところではある。

「今の言葉のどこに嫉妬を感じたのか、教えていただいてもよろしいですか？」

「相変わらず無自覚か……まあ、いい。とにかく、軍のあやつ宛てに可愛い嫁が家にいるとでも言ってやれ」

ティファニアは義父の前では可愛らしく振る舞っているので、確かに事実ではあるのだが、そんなことを軍に送り付けてもいいものなのか。

「今、帝都では軍人が立て続けに襲われているそうですわ。その対応にアナルド様が当たっているとお聞きしております。しばらくはお忙しいのでは？」

シックスから聞いたので、間違いはないだろう。

帝都新聞にも書かれていた。

紙面を騒がせているのが、まさにその軍人が襲われるという事件――軍人狩りと呼ばれるものだった。

ただしこの事件は襲撃者も謎であれば、襲撃された者も謎なのだ。

なぜなら軍人が襲われているらしいと通報を受けて警邏《けいら》が駆けつけても、血痕が残っているだけで、他には何も手がかりがないらしい。

軍の広報に問い合わせても、襲われたと報告してくる軍人はいないとの回答しか得られないという内容で締めくくられていた。

そんな謎の事件に、戦地から戻ったばかりのアナルドが関わっているのは不思議ではある。

「そんなことは儂にはなんの関係もない。とにかく、あの息子を呼び戻せ。それで盛大に嫌みを言ってやる」

傲岸と命じられたところで、威厳も何もない。

息子に勝てない日頃の鬱憤を、晴らす機会を逃したくないと画策する意地悪な男である。

「お義父様ったら、本当に大人げないですわね。もう少し余裕を持った伯爵家当主らしい対応をしてくださっても構いませんのよ」

「ほう、儂はまだ娘と同じ年の愛人を持ったと批難されたことを忘れていないのだがな」

しまった、藪蛇《やぶへび》だった。

しばらくは、バイレッタはこの件で好き勝手にこき使われそうである。

乾いた笑いを返せば、ワイナルドは青筋を立ててバイレッタを見据えていた。

「領地からも視察に来いと連絡がきていたが」

「社交シーズンが終われば向かうとお伝えしておいたかと……」

「問題でも起きたのではないか。儂は気分が優れないから動くこともできん」

とうとう仮病を使い出したのか？

義父の言い訳のひどさに眩暈を覚えつつ、バイレッタは平静を装った。

「……気分転換をお勧めしますよ。帝都の屋敷より領地のほうが空気もよろしいかと思われますが」

「本当に小賢《こざか》しいな」

忌々しそうに顔を歪めたワイナルドに、バイレッタは誰の仕事だと怒鳴りつけたい気持ちをぐっと堪える。

しばらくはネチネチと嫌みを言われるだろうと覚悟はしていたが、よく考えれば義父との会話など嫌みの応酬が大半である。

これが日常で、平常運転であると思い直して執務室を後にするのだった。


「若奥様っ」

慌てた様子でやってきたドノバンに、バイレッタは嫌な予感を覚えた。

「今度は何かしら……？」

「宝石商などを呼びつけて買い物をすると――」

「なんてこと……場所はどこ？」

「サロンでございます」

ドノバンの返事を聞けばすぐにバイレッタはサロンへと向かった。

扉を開ければ、見慣れぬ宝石商が商品を並べているところだった。

ティファニアはそれを興味深く眺めている。

シックスは入り口付近に立っているが、どこか所在なさげだ。

「なぜ止めないの」

「ですから、それは俺の職務ではありません」

シックスを咎めれば、ティファニアがすかさず口を開いた。

「あら、止める必要なんてないわよ」

「商人を呼びつけるのはやめてくださいとお願いいたしましたが」

「だって、素敵な宝石を見せてくれると言うのだもの」

それは商人が売り込みをかける常套句《じょうとうく》ではあるが、乗る者は足元を見られる。

商品に対して相応しい対価であれば納得はできるが、吹っかけられるのは我慢ならない。散財はバイレッタの商人としての矜持《きょうじ》が許さない。

流れの宝石商など、相手にするには注意がいる。彼らは口車に乗せて買わせる。信用がそもそもないので、相手の懐に入るだけの話術があるのだ。

だが、金を吹っかけても逃げればいいだけだ。

よい商品を持っているのなら尚更に、値段交渉が大事になる。

貴族は建前上あまり値切ることはないので、相手はわりと言い負かされてはくれるが、それでもあちらも商売なので引くことがない。

ある意味戦いのようなものだ。

それをティファニアが理解しているとは思えない。

「ほら、これなんて私にとても似合うじゃない。それに、これも可愛いわ」

「はい、本当によくお似合いですよ。旦那様も美しい奥様に、心酔されるでしょう」

「そう思う？」

嬉しそうに宝石商と笑い合うティファニアにバイレッタは眩暈がした。

次から次へと行商人を呼びつけては、買い物をしようとするティファニアを何度も諌《いさ》めてきた。いくらスワンガン伯爵家が資産家でも、こんなに散財するのは問題だ。

「あら、私は次期スワンガン伯爵夫人よ？　これぐらいのものがあって当然でしょう」

「そちらの商品は、イミテーションです。その値段を出すのは馬鹿らしいですよ」

「は？」

「な、何を……」

「ピンクストーンでしょう。本来のピンクサファイアはもっと透き通った輝きです。光にかざしてみれば一目瞭然ですわ。だいたい、そんな大きさのピンクサファイアが手頃な値段で手に入るわけがありませんし、カットの仕方もおかしいですわ。形も歪ですしね」

バイレッタが指摘すれば、宝石商は一瞬で真っ青になって広げた商品を片づけ始めた。

「では、今日はこれで失礼させていただきます」

「あ、ちょっと……っ」

慌てたティファニアが呼び止めても逃げるように帰っていく。

「お見事」

シックスが労《いたわ》ってくれるが、バイレッタは徒労が増した。

「もう、逃げちゃったじゃない」

「ティファニア様はスワンガン伯爵家を潰す気ですか」

「何よ、嫌み？」

「違います。あの手の不審な行商人から商品を買ったと噂になれば、次から次へとやってきますよ。目利きのできない家だと侮られるわけです」

懇々と諭したところで、ティファニアは不快げに眉を寄せるだけだ。

「うるさいわね、せっかく楽しく買い物していたのに。そうだ、気分転換に帝国歌劇へ連れていってよ。予約してくれるんでしょう？」

「そんな時間はありません」

バイレッタは自身が工場を経営しているし、領地の手伝いまでしているのだから。

きっぱりと断ったけれど、ティファニアはにんまりと笑うだけだった。


「なぜ、こんなことに……」

きっぱり断ったはずなのに、午後からは帝国歌劇を観《み》にやってきていた。

ティファニアがシンシアに泣きついたからだ。義母は中立の立場をとっているが、面白そうだとバイレッタに行ってくるようにお願いした。当日券なので、碌な席はないかもしれないと危惧したが、きちんと貴族席を押さえることができたのも大きい。

さらに騒ぎを聞きつけたミレイナも一緒なので、騒々しいことこの上ない。

というかティファニアは手がかかりすぎでは。

エルメレッタだってここまで手がかからない。

愛娘が特に聞き分けがいいというのもあるかもしれないが、ティファニアだって成人しているはずだ。こんなに厄介なのはなんとかならないだろうか。

「泣くほど、感動したのですか」

「ミレイナだって泣いているじゃない」

ミレイナとティファニアは言い合いを繰り広げていたが、二人とも目が真っ赤になって号泣している。

言い争うか、泣くのかどちらかにすればいいのに。

今回の帝国歌劇は悲恋ものだった。

仲の良い男女の幼馴染《おさななじ》みが数奇な運命に翻弄されて、結局はお互いを思いながら対立し亡くなるのだ。

バイレッタも感動したものの、少女たちの感受性の高さには敵わない。

「あの女は愚かよ、さっさと男を連れて逃げればいいのに」

「彼女は立派です。それだけの覚悟があったのですから。むしろ相手役の男性が不甲斐ないですわ。あの方こそ、思いを告げて一緒に逃げるべきです。貴女、男を見る目がないのではありません？　お義姉様を溺愛している兄につきまとっている時点でわかっていましたけど」

「なんですって？」

お互いが泣きながら睨み合っているのだから、バイレッタはそれを後ろから眺めながら微笑ましく思えばいいのか、それとも窘めればいいのか困惑した。

「なんて声をかければいいのかしら」

「ティファニア様……？」

ティファニアの護衛であるシックスももちろんついてきていたので尋ねたが、彼は彼で茫然としていた。

「どうかしたの？」

「いえ、普段とはちょっと様子が違っていて……」

我儘しか言わない彼女の印象があれば、特に普段と様子が変わっているようには見えない。ただ、ミレイナと喧嘩しているだけだろう。

年相応には見える。

「同世代の友人はいなかったの？」

「いません」

シックスは即答した。

それなら、新鮮に映るかもしれない。

バイレッタもスタシア高等学院の友人である一国の姫との会話はそれなりにくだけたものだ。

二人の言い合いは帝国歌劇場を出ても続いていた。

さすがに大通りでの言い合いは目立つ。

窘めようとした時、不意にシックスの名を呼ぶ者がいた。

「シックス？　ティファニア様も……？」

「ゼイバ軍曹」

男に向かって、シックスは目を丸くした。

私服姿だが、立ち居振る舞いがガイハンダー帝国軍人のそれである。だがやけに草臥れた様子で、疲れが見えた。まるで長い間放浪していたような風情である。こんなによれよれの軍人を帝都で見るのは初めてだ。

そんな彼が元敵国の暗殺者と知り合いとは。バイレッタはどういうつながりかと訝しんだ。

「お知り合い？」

「え、ええ」

歯切れ悪く答えたシックスは、困ったように男を見やった。

「こんなところで何を？」

「た、助けてくれ！　私は無実なんだっ」

男は必死の形相でそう叫んで、シックスに取りすがったのだった。


結局、落ち着ける場所でということになり、男をスワンガン伯爵家へと連れてきた。そのままの姿では憐れだと玄関ホールで出迎えたドノバンが、すぐに風呂と着替えを用意し、食事の手配をした。

怪しい身なりの男ではあるが、間違いなく帝国軍人であるとシックスが答えたからだ。

ミレイナとティファニアは帰る道すがらも言い合いを続けており、そのままそれぞれの自室へと引き上げてしまった。きっと疲れたのだろう。

結果、バイレッタは風呂から上がってこざっぱりとした男を応接室で出迎えている。彼はおどおどとしていたが、並べられた食事を目にした途端に、飛びついた。そのまま人心地着くまで堪能《たんのう》したようだ。

はっと我に返った途端に、傍に控えていたシックスを見上げた。

「お貴族様のお屋敷だとは思ったけど、まさかここ、あの中佐の家なのか？」

「どの中佐かはわかりませんが、ここはスワンガン伯爵家です」

バイレッタが肯定すれば、彼は真っ青になって飛び出そうとする。

「落ち着いて、ゼイバ軍曹。ここにあの『灰色狐』はいないからさ」

「アナルド様は滅多に家には戻ってこないのですが、主人に用事でもありましたか」

「滅相もありません！」

シックスが宥めるので、アナルドが帰ってこないことをバイレッタは伝える。

瞬時に否定したゼイバは少しは安心したのか、周囲を見回して、バイレッタに視線を戻した。

「ほ、本当にすぐに戻ってきたりしないんですか……？　ですが、中佐はとにかく怒らせると恐ろしいので……いや、私は直接の部下ではありませんが……」

「主人への危急の用事がないようでしたら、このまま屋敷に滞在していただいて構いませんが」

風呂に入って多少身なりが整ったとしても、強い疲労の様子が拭えない。

このまま部屋を与えて休んでもらいたいほどだ。

バイレッタが気遣って声をかければ、ゼイバは狼狽えた。すかさずシックスが宥める。

「彼女がいいって言ってるんだから、大丈夫だよ」

「？……というか、彼女は何者で……？」

バイレッタとシックスを交互に見やって、彼は不思議そうに首を傾げた。

シックスは事も無げに答える。

「狐の妻だ」

「え？　中佐の妻はティファニア様だろう」

驚愕する男に、シックスは肩を竦めてみせた。

「さあ？　詳しい話は知らないけど、この国では『灰色狐』の妻はバイレッタ様らしい」

「どういうことだ？」

困惑したように頭を抱えたゼイバは、撥《は》ねのけるだけの根拠がないらしい。その意味を理解して、力なく項垂れた。

「この方は、どういうお知り合いですか？」

バイレッタは消沈する男を横目でとらえながら、シックスに問いかけた。

「ガイハンダー帝国に連れてこられた時に、姫の護衛としてつけられた軍人だ。他にも四人くらいいたよ」

「そ、そうだ。その話をしたい。新聞を見ただろう。軍人が襲われている事件だ。被害者などの名前は伏せられていたが、彼らが治療されている病院に行って確認した。あの時の護衛たちが次々と襲われているんだよ」

「そうなのか？」

シックスはきょとんと目を瞬いた。

だが、ゼイバは必死の形相だ。

「なんで知らないんだよ。あれは閣下の粛清かもしれないんだ。お前、私の無実を証明してくれないか？」

「閣下というのは、ドレスラン大将閣下でしょうか？」

「は、はい……閣下をご存じで？」

「まあ、多少は……」

数々の嫌がらせをしてきたアナルドの悪魔な上司を知っているが、ティファニアの護衛の派遣にモヴリスが関わっている。

それだけで、何か仕組まれていたような気がするから不思議だ。

つまり、アナルドはモヴリスに嵌められたということだろうか。

「詳しい話をお聞きしてもよろしいでしょうか？」

バイレッタはにっこりと微笑んだ。目は多少据わっていたかもしれないが。


バイレッタが叔父であるサミュズから会いたいと連絡を貰《もら》ったのは、帝国歌劇を観に行った日のことだった。

その次の日には自身が経営を務める工場のほうへ顔を出していたバイレッタは、その応接室でサミュズと応対していた。

「お忙しい叔父様にご足労いただく形になって申し訳ありません」

「いや、こちらも用事のついでで近くに立ち寄っただけだからね」

サミュズの用事は多岐にわたるが、近くまでの範囲が広いことを知っている。なんなら帝都の用事はすべて近くになる気がする。

大陸全土を飛び回っている叔父にとっては、ガイハンダー帝国内であれば近くの範疇になるのかもしれない。

「ティファニア様は相変わらずかい」

「スワンガンの屋敷で、アナルド様が帰ってこられるのを待っておられますよ」

大人しくとは言い難いが。

連日遊びに連れていけと騒ぐティファニアに手を焼いているのは確かだ。彼女はとにかく我儘がすぎる。

「早速、本題に入らせてもらうが確かにティファニア様の配偶者が旧ゲッフェ王国の領主にはなる。そのためにお前はアナルド・スワンガンが選ばれたのだと考えただろう？」

「アナルド様は正式に旧帝国貴族を母体とする由緒ある血筋ですから」

本来、ガイハンダー帝国が滅ぼした国は新領地として、貴族派に与えられる。貴族派は旧帝国貴族の血筋で正当なる権利の主張だと考えているのだ。軍人派でティファニアを囲っている現状のほうが慣例を無視していたことになる。だから、旧帝国貴族のスワンガン伯爵家の嫡男で軍人であるアナルドと縁づかせたのだろう。

「だとしたら、簡単に貴族派にティファニア様を渡した理由はなんだと思う？」

「奪われたのではないのですか」

ティファニアの護衛をしていた軍人たちが次々と襲われているとゼイバは話していた。

それもモヴリスの指示だろうと、ゼイバは怯えていたのだ。

なぜティファニアの護衛をしていた軍人を命じたはずのモヴリスが粛清として始末するのかと思えば、護衛たちがティファニアを貴族派に売り渡したらしい。だからデュルクムの家にティファニアは滞在していた。つまり、モヴリスの行動は報復だ。

だが、それに関わっていたのはゼイバを除いた四人であり、彼は本当に何も知らなかったらしい。モヴリスにとりなしてほしいと懇願するゼイバを、ひとまずスワンガンの屋敷に留め置いているのが現状だ。

「あの大将がそんな甘いものかな？」

「つまり奪われることすら仕組んだのはドレスラン大将であるということですか」

それはどんな計画だろう。

相変わらず二重にも三重にも計画を仕掛けてくる巧妙な男だ。

計略が大好きであるともいえる。

「楽しそうにいろんなことを考えておられる方ですからね。叔父様とはまた種類が違いますけれど……」

存外に厄介さは同じだと含ませる。

何度か顔を合わせたことのあるモヴリスというアナルドの上司は、本当に喰《く》えない男だと思うが、目の前の叔父も大概なので。

サミュズは腕を組んでうーんと唸ると、困ったように笑った。

「私は一介の商人だからね、あんまり帝国の派閥は興味がない」

「御託は結構ですわよ？」

ガイハンダー帝国を母体に置いて、大陸全土で荒稼ぎをしている大商人が、帝国の派閥争いに興味がないわけがない。むしろ一番興味津々で、調整をしているのがこの男だ。どちらかに肩入れすることはないが、どちらかが崩れるのも防いでいる。なぜなら、競争がない社会は発展しないとサミュズが考えているからだ。そして物事は好敵手がいるほうが、苛烈さが増す。

貴族派のギーレル侯爵家が筆頭を長年務めていても手を出さないのは、軍人派がいるからだ。今はモヴリスが敵対構造を担っているが以前はヴァージア・グルズベル元大将がそれを担っていた。

そして、サミュズはそれぞれの派閥の上下にも気を配っている。

貴族派の御三家がそれなりに栄えているのは、裏で取引している商人が優秀だからだ。そしてそれを操っているのがサミュズである。

侯爵家の当主でもある領主たちが気づいているかどうかは怪しい。サミュズの巧妙さを知っているだけに、彼が隠すという時は徹底しているからだ。

「帝国内が揉めることが我慢ならないだけなんだよ。内戦が一番馬鹿らしいことだからね。そのためには多少の調整役を買って出ることもある。そういう意味では、今回は非常に残念極まりないが、お前の夫が白だと証明できてしまうんだが」

「どういうことですか？」

「彼は本当に、ティファニア様という妻がいたことを知らなかったと思うな。すべてを仕組んだのはモヴリス・ドレスラン大将だ。しかも水面下で巧妙に隠しながら、ね」

この姫の婚姻には確実に裏があるとは思っていた。

そうでなければ、誰の思惑も納得できないのだ。

だが、バイレッタが一番気になっていたのは、アナルドがバイレッタ以外にもう一人妻がいたことをずっと隠していたのかということだった。

始まりは最低だったけれど、過ごしてきた三年近い月日は本物だったのだ。彼の言葉を疑ったことなど一度もなかったのに、すべて偽りだったのかと思うだけで、足元が崩れ落ちそうなほどの不安に襲われた。

「お前の変なところで口下手な夫のフォローをしようというわけではないが、彼は軍人としては真面目だからね。任務中の話はしたがらないだろうから、どこまで軍の規律に抵触するかわからない内容を、話せなかったのだろう。どうだい、少しは安心したかい？」

バイレッタはふうっと息を吐いて、柔和な笑顔を浮かべる叔父を見つめた。

「そうですわね、ありがとうございます。ところで、今回の対価はどのような話になりますか？」

鷹揚に構えているように見える叔父の隙のない笑顔に、バイレッタも渾身の笑顔で答える。

安心したからこその、対抗意識だ。

抜け目のない商人であるサミュズが、無料でこんなことを調べるはずもない。

隙を見せないように取り繕っている時点でバレバレだと気づかないものだろうか。

身内だからだろうと言われれば、納得してしまうほどすこぶる甘いのだ。ひねくれていて腹黒だけれど。

「純粋に、可愛い姪を安心させるためだとは思わないのかな?」

「そんなことで叔父様の弟子はとても名乗れませんから」

「——いいだろう、今回のことは皇帝陛下も大変憂慮を抱いている」

皇帝陛下、ときた。

サミュズが大陸全土に跨がる商会の会頭であるのは本人の実力ではあるが、昔からガイハンダー帝国の皇帝と懇意にしていることもその躍進の一助になっている。古くからの友人でもあると聞いていた。

叔父の凄さはその背景となる人脈の強大さからも窺える。

「陛下がティファニア様の婚約事情を気になさっているのですか?」

「というより、トレスイド侯爵家に亡国の姫を嫁がせることだ」

侯爵家は帝国の中でも上級貴族だ。そんな嫡男の婚約相手が気に入らないのかと勘繰ってしまうが、そういうことでもないらしい。

「そもそも、この婚約を命じたのはギーレル侯爵家だ」

「軍から姫を奪ったのですか」

「どこまで指示を与えたのかは明白ではないようだが、トレスイド侯爵家も相当に動いたらしい。けれど、この姫自体が軍の、というかモヴリス・ドレスラン大将の巧妙な罠だったんだよ」

「どういうことです？」

姫を軍人と婚姻を結ばせて囲っておく。そこから貴族派筆頭が姫を連れ出し、自分の子飼いの相手とした。けれど、軍人と婚姻関係を結ばせているから簡単には縁を結ぶことができない。

モヴリスの企みをバイレッタなりに考えてみたが、どうやら違うようだ。

悪魔な大将が何かを企んでいるのはわかるが、姫にいったいどんな罠があるというのだろう。不思議になって聞き返せば、疲れたようにサミュズは眉間を揉んで、そして深々と息を吐きだした。

「聞いたからには協力してもらうぞ、バイレッタ」

「ミレイナのためにトレスイド侯爵家に報復をお願いはしましたが、ちょっと聞くのが怖くなってきましたわ」

「もう遅い。私が決して狙った獲物は逃がさないことは知っているだろう？」

あれ、頼んだのは自分だったはずでは？

まさか、最初から巻き込まれることが決定されていたのだろうか。叔父なら、それくらいは余裕で読んでいそうだ。

一瞬、頭の中を疑問がよぎったが、すぐに霧散してしまった。

それほど、衝撃的な内容だったからだ。

なるほど、それならばモヴリスの行動にも納得できた。

できたけれど、なんて恐ろしい計画なのだと純粋に舌を巻く思いがする。

「叔父様は本当に腹黒いですね……」

「褒め言葉だよね？　そして考えたのはドレスラン大将閣下であって、私ではないんだけれど」

なんとも言えない表情をして首を傾げるサミュズに、バイレッタは短く息を吐いた。

「確かにこれでは私がアナルド様と離縁することは難しそうですね」

「あの男とバイレッタが離縁することには本当に賛成だけれどね。可愛いエルメレッタとも会いやすくなるし」

亡国の姫が相手となるとスワンガン伯爵家には利益が大きい。

アナルドが望むのであれば、バイレッタが身を引くことになりそうだと思ったが、話はそんな単純なことではないようだ。さすがはモヴリスと言いたくなる。

「そうなると、私のできることはないと思うのですが」

「それが大ありだから、こうして可愛い姪にお願いしているわけだ」

褒める叔父に迂闊《うかつ》に絆されてはいけない。

バイレッタはこの時こそ、本当に気を引き締めて続くサミュズの言葉を聞くのだった。

デュルクムが再度訪ねてきたのは、サミュズと会った五日後のことだった。

本当に仕事はどうしたと言いたいところではあるが、憔悴《しょうすい》しきったデュルクムを見れば、居ても立ってもいられないのだろうと察しがついた。

それぐらいでなければ、可愛い義妹の相手としては不服ではある。

先に応接室にデュルクムを通して、ミレイナを呼びに行った。

義妹にもすでにデュルクムが来ることは伝えていたので、部屋に迎えに行けば、覚悟の決まったような顔をしていた。思うところはあったけれど、ミレイナの表情を見ていれば落ち着いているのはわかる。

連れ立って応接室に向かった。

戸口に立ったミレイナを認めた瞬間、デュルクムはソファから慌てて立ち上がった。

「ミレイナ」

デュルクムの声は名前を呼ぶだけでも震えて掠《かす》れていた。

傷つけたのは彼だというのに、ひどく傷ついたような瞳をしているのが印象的だった。

二人の視線は絡まったまま、決して逸らすことがない。

先に応接室に入っていたバイレッタは扉の傍から動かないミレイナと、立ち上がったままやはり動かないデュルクムを静かに見つめる。

「謝罪を……、君を傷つけてしまって……申し訳なかった。僕の力不足で……」

たくさんの言葉を考えてきただろうデュルクムの声は震えて、途切れ途切れだ。ミレイナがこれ以上傷つかないように配慮と労りに満ちて、言葉を選んでいる。

行政府のやり手の役人のくせに、いつもはあれほど口が回る男が、同じ年の娘の前でひどく緊張していた。

普段の姿からかけ離れた態度に、年相応のあどけなさも窺える。

「父は説得する。だから、僕ともう一度、恋人に……くそっ、ごめん。どうしても震える……っ」

デュルクムは悪態をついて、片手で顔を覆った。その手も震えているのがわかる。

ミレイナの距離からでも確認できるだろう。

そのまま少し俯いて自嘲する。

「格好悪いな……でも、ようやくミレイナと会えて嬉しくて」

とろりと蜜を零した茶と黄色のヘーゼル色の瞳には喜びに満ちた輝きがある。

どう判断するのかはミレイナ次第だとバイレッタは事前に義妹には伝えていた。彼を許すも許さないもどちらを選んでも、ミレイナの味方である、と。

だから、ミレイナがなんと答えるのかバイレッタは静かに見つめた。

「もう、結構です」

「ミレイナ？」

はっとしたように顔を上げたデュルクムの顔には恐れが見えた。

だが、ミレイナは駆け出すように部屋へ踏み込むと、デュルクムの腕の中に飛び込んだ。

ちょっとよろめいたけれど、きちんとミレイナを抱き留めた彼には及第点をあげたい。

「お手紙は悲しかったけれど、デュルクム様からではありませんでしたから。謝罪はもう結構です。それより、私はまだデュルクム様を大好きでいていいですか？」

デュルクムの腕の中で顔を上げたミレイナは水色の瞳を潤ませて尋ねた。

「うん……、うんっ。僕も大好き」

デュルクムがぎゅっとミレイナを抱き留める腕の力を強める。

「会えない間もずっとデュルクム様のことを考えていました。だから、結局、好きなことには変わりないのだと実感したんです。悲しかったのは、もう好きでいてはいけないことなのだと……」

目を伏せたミレイナに、デュルクムは真摯に謝るだけだ。

「ごめん、本当にごめんなさい。だけど、僕を変わらず好きでいてくれてありがとう。めちゃくちゃ嬉しい」

「ふふ、素直ですね」

「僕の取り柄だもの。ミレイナに褒められたところだからさ。それにミレイナが可憐すぎるのがいけないと思うんだ。離れている間に、他の男のところへ行ったらどうしようかと不安だったから。はあ、本当に君が腕の中にいるのが嬉しい。この距離で春の湖面を写し取ったかのような愛らしい瞳を覗き込めるんだから」

寄り添い気遣い合う二人は悔しいけれど、本当にお似合いだ。

デュルクムのあざとさは気になるところではあるけれど、結局ミレイナが幸せそうならバイレッタは許すしかない。

今も頬を染めて恋人を見つめるミレイナは可愛らしく照れている。

「デュルクム様ってば……」

「ミレイナはまた真っ赤になってるけれど？」

「しばらく会えなかったのですもの、久しぶりだからです」

「あー可愛い。また僕の腕の中に慣れてね」

「とりあえず、仲直りということでいいかしら？」

こほんと小さく咳払いしてバイレッタは存在を主張する。

すっかり二人の世界に入り込んでいた可愛らしい恋人たちははっと我に返って揃って真っ赤になった。初々しい姿でとてもよろしい。

未婚であるミレイナとの適切な恋人関係である。抱き合っていることは目を瞑《つぶ》る。

「仲直りしたのなら、少し話があります。そちらに二人で座って」

バイレッタに促されて、二人は肩を並べてソファに座る。

お互いの手を握り合っていることも見逃す。

仲が良くて何よりだ。

そもそもこの二人は揉める前には、こんな距離感だったと思い出す。

バイレッタがいてもいなくても、べったりとくっついて離れなかった。

二対の真摯な瞳を向けられて、バイレッタは表情を改めた。

二人の対面に座って、バイレッタは切り出した。

「今回の婚約騒動について、デュルクム様はどこまでご存じですか？」

「それはトレスイド侯爵家を取り潰そうという動きがあるということですか」

やはり気づいていたのか、とバイレッタは小さく頷いた。

ミレイナは息を呑んで、デュルクムを握る手に力を込めた。それを彼は安心させるようにもう片方の手で撫でる。

「半分は正解です。というか、今回のことを仕掛けたのはトレスイド侯爵自身であると考えます。侯爵はそうして破滅の道を選んでしまった――ということではありませんか」

バイレッタがサミュズから得た情報を総合的に考えれば、そうとしか思えない。

デュルクムは考え込んで、そうして首を横に振った。

「僕は、軍に嵌められたと考えました。それは間違っていますか？」

「間違ってはいませんが、軍の標的は常に貴族派筆頭のギーレル侯爵家です。もともとの計画はドレスラン大将が握っていましたからね。貴族派に厄介な姫を持参金があると思わせ婚姻させ破滅させる。それも単純に渡さずに奪われるように仕向けたんです。ギーレル侯爵は自分は近づかず、子飼いに争わせたというところでしょう」

「それを父が仕掛けて、まんまと手に入れたと」

「どこまでかはわかりませんが、トレスイド侯爵が噛んではいます。でないと、姫は手に入らない」

「そうですね、それは間違いないと思います」

　護衛である軍人たちを買収なりして姫を息子の元へと連れてきて婚姻を結ぶ。それだけで裕福な領地である莫大な持参金が転がり込んでくる。つまり、旧ゲッフェ王国の領主となるのだ。本当なら、トレスイド侯爵家はこれで幸福になれるはずだった。

「姫を無事に手に入れた。ところが誤算、というかドレスラン大将の仕掛けた罠が牙を剝《む》いたんでしょう？」

　確信を込めて、デュルクムを見つめれば彼は泣きそうな顔をして頷いた。

「レタお義姉様は相変わらずの慧眼《けいがん》ですね。多分、父も気づいていませんよ」

「私には情報通の叔父がいますからね。けれど、トレスイド侯爵はそれほどですか」

　バイレッタは一瞬目を伏せて、そしてデュルクムを見つめた。

「さて、ここで強力な手立てが必要になります。可愛い義妹たちのためにも、私は一肌脱ごうと思いますが、貴女たちも頑張っていただきますよ？」

「レタお義妹様……」

「一肌脱ぐっていう言い方は身内にも使わないほうが賢明かと思います……」

「ええ？」

せっかく決め台詞《ぜりふ》を格好よく言えたと思ったのに、なぜ二人の表情は微妙なのか。

「何を脱ぐと言いました？」

「ア、アナルド様!?」

座っているバイレッタをいきなり後ろから羽交い絞めにした夫は、頬に優しく口づけた。

「いつの間にお帰りに？」

振り返れば、蕩けるような微笑みを浮かべたアナルドが見えた。

つい先日口論して、次に会った時は仕事中だからか、碌に言葉もかけなかったくせに。この態度の違いはなんだと呆れてしまうが、今回の騒動の背景を知ってしまった手前、怒るに怒れない状況になってしまった。

「ようやく戻れました」

落ち着いて答えたアナルドは、バイレッタの顔をしげしげと眺めて小さく頷く。

軍服を着ているので、本当に帰宅してそのままこの部屋にやってきたのだろうとは察するが、するりと隣に座られて身じろぎしてしまう。

「部屋に入る前に許可をいただきたかったですわ」

「話に夢中で気づかなかったのでは？　それで、貴女が何を脱ぐのですか」

「違います、言葉のあやです」

慌てて否定するものの、彼の瞳の剣呑さは消えない。

「そうですか。では、妻の体に聞いてみましょうか」

「な、何をおっしゃって……っ⁉　ミレイナたちの前ですわよっ」

アナルドが再度唇を寄せて囁《ささや》くので、バイレッタは声を荒らげた。

「大人の色気がすごい」

デュルクムが呻くようにつぶやいた言葉がバイレッタの羞恥をさらに煽る。

「せっかく、当事者が揃ったことですし、話し合いをいたしましょう」

バイレッタが促せば、アナルドは素直にバイレッタの横に落ち着いた。

「レタ義姉様の悪だくみですか」

「貴方たちのための作戦ですわよ？　いらないというのであれば、解散いたしますが」

「いえ、すみません。お聞かせ願ってもよろしいでしょうか」

デュルクムが頭を下げたので、バイレッタは計画について話す。

「今回のことに、グラアッチェ侯爵家を巻き込もうと思います」

「へぇ？」

なぜか真横から、冷ややかな声が聞こえた。

随分な重低音である。領地にいるゲイルと会っている時によく聞く、アナルドの不機嫌さを隠しもしない声音だ。

デュルクムがのけ反っている。若干顔色が悪いのはご愛嬌だろうか。

「レタ義姉様の天敵とお聞きしていますが……？」

スタシア高等学院の噂を散々知っているデュルクムがアナルドに気を遣いつつ、言葉を濁した。

確かにエミリオ・グラアッチェはスタシア高等学院の同級生で、バイレッタの悪評を吹聴した男でもある。卒業学年でバイレッタを手下に襲わせて刃傷事件を起こさせたのも彼である。

貴族派の中でも上位三本の指に入るほどの上級貴族の嫡男で、本人も立法府議会議長補佐官という立場。態度は尊大で、横柄。性格は狡猾で陰険で陰湿。

褒める要素など容姿と家柄くらいしかない。

「毛嫌いしていると聞いていましたが」

「最近はそうでもないですわ」

デュルクムがアナルドに配慮しつつバイレッタに尋ねた。確かに噂通りの男ではあるが、スタシア高等学院を卒業してから交流ができたのも事実だ。

いくつかの悪評は流されたが最近ではそれもやめたようで、なぜか忠告などをくれる間柄である。

むしろ友人と呼んでも差し支えないのでは、とこっそりと思っているほどなのだ。

相手が知れば顔を顰めそうではあるが。

「間男だけでも腹立たしいというのに、あのいけ好かない男を頼ると？」

「ゲイル様を間男呼びされるのはおやめになってください。確かにグラアッチェ様は癖のある方ではありますが、今回のことはさすがに軍人派だけでは終われませんから」

アナルドは不愉快だと言わんばかりにバイレッタをねめつけてくる。しれっと答えながらも、バイレッタは内心で焦っている。グラアッチェ侯爵家を巻き込むことを望んでいるのが叔父なのである。

それはなぜかバイレッタにしかできないことだと言われたのだから、やるしかないのだ。

「お義姉様が頑張るとおっしゃられるのに、いったい何を止めることがあるのですか」

ミレイナがアナルドにぴしゃりと言いつける。

デュルクムは可愛らしい恋人しか知らないようで、目をまん丸にして驚いているが、ミレイナは構わずに続ける。

「だいたい、お兄様にそんな権利があると？」

「俺は彼女の夫だ」

「お兄様は他所にとても可愛らしい妻がいるらしいではないですか。そちらは解決しましたの？」

「それは……」

ミレイナの言葉にアナルドは言葉を濁した。

さすがに軍の最高機密に近い極秘任務については話せないようだ。当事者と関わっているバイレッタですら詳細は彼から聞いていない。ミレイナは部外者でもある。バイレッタと口論していた時も、アナルドは考え込んでいた。

きっと軍の情報をどこまで漏らしていいのか悩んでいたのだろう。

「解決できてもいないのに、お義姉様に要求できるとお考えなのが不思議ですわね。ご自身のことを棚上げしてレタお義姉様を批難する資格があるとでも？」

ミレイナの剣幕にアナルドも、なんとか返そうと必死である。

相変わらずこの兄妹《きょうだい》は、妹の押しが強い。

見た目があれほど可憐なミレイナに、バイレッタは憧憬《どうけい》しかない。

デュルクムもキラキラとした瞳を向けている。より惚れ直したと言ったところだろうか。

うん、よくわかる。とバイレッタは心の中でデュルクムに同意する。アナルドを批難するミレイナの毅然《きぜん》とした態度はめちゃくちゃ格好いいのだ。

「だが……」

「いや、なるほど。確かに、ここまでくるとグラアッチェ侯爵家に引き受けていただくほうが最善ですね」

デュルクムもミレイナの勢いを後押しするように、大きく頷いた。

トレスイド侯爵家と同格の御三家の一つ。領地の経営も健全で、財力はスワンガン伯爵家に及ばないまでも、かなりの資産家であることは間違いがない。また、嫡男が議会議長補佐官であるほどに権力も有している。

厄介な姫を一人抱えたところで、揺るがないほどの家柄だ。

何より、グラアッチェ領の特色が今回の事態を解決するのに最も適している。

「そのための場をデュルクム様にはご用意していただきたいのです」

了承を得られたところで、バイレッタは予《かね》てから計画していたことをデュルクムに頼む。

詳細を伝えなくても、デュルクムはあっさりと了承してくれた。

「わかりました。最高の舞台をご用意いたします」

「俺は反対です。あの男にバイレッタが関わる必要はありません」

「お兄様はまだそんなことを！」

ミレイナが目を吊り上げたが、アナルドはバイレッタを見つめている。

思わずバイレッタは答えてしまった。

「ですが、グラアッチェ侯爵家を巻き込むことが、一番話が通りやすいと……」

「誰の受け売りですか」

しまった！

ここでサミュズからだと答えたら、絶対にアナルドの許可が下りない。

「バイレッタ？　いい子ですから、白状してください」

なぜか隣に座ったアナルドがバイレッタの肩に手を回して抱き寄せてくる。

「ア、アナルド様……」

「貴女の考えではありませんよね？」

「えーと、いえ、その……」

なんと言ってこの夫を引きはがそうかと思案していると、扉が開いて小さな影が飛び込んできた。

「アナルド様っ！」

ティファニアだ。

その後ろについていたシックスが部屋に集う一同を見回して、途方に暮れた顔をした。なぜかワイナルドもついてきている。どういう組み合わせなのか。

「お義父様？　なぜ、ここに……」

「ついてきてほしいとお願いされたんだ」

なんのためにティファニアは義父を連れてきたのか。理解できない。シックスに視線を向けても、彼は一心に首を横に振った。何もわからないということらしい。

助かったと思ったのは一瞬で、すぐに修羅場だと思い至る。次から次へと厄介なことだ。

ティファニアがアナルドに抱き着こうとして、アナルドは冷ややかな視線を向けた。

「許可なく近づかないでいただきたい」

「アナルド様……？」

「名前を呼ぶことも許した覚えはありませんが。残念ながら、規制する法律がないのです」

きっぱりと告げた声色は絶対零度の響きを纏う。ミレイナには言い淀むだけだったが、当事者に対しては明かしてもいいらしい。これまでの鬱憤を晴らすかのように、一切の容赦がない。

「おい、お前の妻だろう。そんな冷たい態度をとるのか」

憎たらしい息子に反撃できる機会とばかりに、ワイナルドがにやにやと笑みを浮かべてアナルドを責める。味方を得たとばかりに、ティファニアが勢いづく。

「何をおっしゃって……貴方の妻のティファニアです！　おばさんの前だからって取り繕う必要はありませんよ。そんな女より私のほうが可愛いでしょ？」

「知りませんよ。俺の妻はただ一人愛しいバイレッタだけです」

以前シックスを連行した時のアナルドのほうがまだ穏やかな対応だった。いったい数日で何があったのか。

　当事者のティファニアは混乱するだろう。彼女の胸中を思えば、バイレッタの胸も僅かばかり痛む。しかも援護射撃を狙って連れてきた相手が義父とは。戦力を間違えているとしか思えない。

「知らない？」

「俺の知らないところで上司が画策していたようです。バイレッタ以外の妻を得た覚えはありません」

「そんな……こんな年増女に弱みでも握られているのですか？」

「先ほどから誰のことを指しているのか理解できないのですが。悪魔と呼ばれる俺の上司でしたら、使えるものはなんでも使う非情な方です。おかげで姫の機嫌を損ねればバイレッタと離縁させるぞと脅されました。もうその心配もなくなったので、こうして帰ってきたのです」

　アナルドはバイレッタを見つめて、穏やかに微笑んだ。

「ようやくバイレッタの元に戻ってこられました。不安にさせて申し訳ありません」

「いいえ、別に不安なことなど……」

　いくつか腹が立ったのは事実だが、別に不安になったりはしなかった。

　あっさりとご機嫌とりだったと言い切られて、ティファニアが絶句した。

「亡きゲッフェ国王に姫のことを頼まれたのでは？」

「俺は聞いていません。上司が聞いて了承したかもしれませんが」

たまりかねてシックスが問えば、アナルドは淡々と答えた。

あまりの温度差に、聞いているバイレッタのほうが震えそうだ。

「お、お義父様……助けてください」

ティファニアがワイナルドに涙に濡れた瞳をひた向けた。

「おい、つまりどういうことだ……？」

「全く縁のない女を屋敷に住まわせているだけです」

ワイナルドが困惑したように口を挟めば、アナルドが冷めた声音のまま切り捨てる。

ちっと舌打ちが聞こえた。

「本当に使えない男ね、貴方の息子なのだから叱るなりしなさいよ」

「は、……なんだと⁉」

先ほどまで泣いていたはずのティファニアが猫を被るのをやめたようだ。

可憐さなどかなぐり捨ててワイナルドを睨みつけている。

「どうして、どうして私は一国の姫なのよっ⁉」

「亡くなった国になんの力があるというのか。滑稽ですらあるが」

「アナルド様……」

「バイレッタは優しくお人よしなので、貴女に同情していただけですよ。その優しさに甘えた小娘の言うことを聞く必要は全くないというのに」

ショックを受けたらしいティファニアは勢いをつけてワイナルドを突き飛ばして部屋を飛び出していく。シックスが無言でその背中を追った。

「お、おい、いったいどういうことだっ」

「お父様はあんな困った女をこの家に滞在させてどうしたかったのですか？」

ミレイナに睨まれて、ワイナルドは尻餅をついたまま呻く。

「あんな乱暴な女だとは知らなかったんだ！」

「可愛い嫁だと喜んでいたではないですか」

バイレッタが告げれば、ワイナルドは立ち上がりながら地団太を踏む。

「どこが可愛いというんだ。まったく、あれならお前のほうが――」

「なんだというのです？」

ワイナルドが言いかけた言葉をアナルドが鋭く問う。義父ははっとしてなんでもないと首を横に振った。

「すっかり騙されたということですわね。ご自身の愚かさに気がついたのなら、さっさと追い出してください。お兄様も、どうしてもっと早くあの女をなんとかしてくださらなかったのです」

冷ややかにワイナルドに告げたミレイナは、アナルドにも噛みつく。

「こちらにもいろいろと事情があった。それがなくなっただけだ」

「その間、どれほどレタお義姉様がお辛い思いをなさったか想像できますか。罵詈《ばり》雑言浴びせられて、辛辣に当たられていたのですよ？」

「ミレイナ、ちょっとそれは大袈裟《おおげさ》というか……」

ティファニアの嫌みなど可愛いものだ。

多少はイラっとしたけれど、それだけだ。本気で相手をしていたわけでもないし、大半は聞き流していた。

だというのに、アナルドは真剣にバイレッタに向き直った。

「そんなことがあったのですか。バイレッタ、本当にすみませんでした」

「え、いえ――」

「言葉だけで済むとは思われないで！」

戸惑うバイレッタの代わりにミレイナが目を吊り上げた。

「お兄様も反省するというのなら、先ほどのお義姉様の提案を呑むべきですわ」

「それと、これとは……」

「言い訳は見苦しいですわよ、お兄様。まだ反対するというのなら、反省も形だけだったと受け取りますが？」

ふんっと鼻を鳴らしたミレイナは、勝ち誇ったような顔で兄を見つめていたのだった。

話の決着はついたとして、ワイナルドは早々に退散した。息子をやり込めると思って意気揚々とやってきて、あっさりと撃退されたのだから用はないと捨て台詞を吐いて出ていった。

デュルクムはミレイナを庭へと誘った。恋人との仲直り後の二人きりを楽しむらしい。初々しい恋人たちを見送って、部屋には打ちひしがれるアナルドとバイレッタが残された。

「そういえば、もう一つ貴女に謝らなければならないことがありました」

「なんでしょう？」

先ほどまでエミリオに関わるなと怒ったことなら受け入れるけれど。

素直に謝るアナルドなど何を企んでいるのかと疑いたくなる。

そもそもどれに対して謝っているのかは重要である。

夫の思考はすぐにバイレッタの思いもよらないところで完結していることが多々あるのだから。

「手紙を何度もいただきました。家に戻ってこいと。遅くなって申し訳ありません」

「ええと、まあそれはわかりました。お忙しかったのでしょう」

それほど的外れでもない答えに、バイレッタも無難に返した。

帰ってこいと催促していたのは主にワイナルドであるが。それもアナルドへの嫌がらせになると踏んで、からかい半分の帰宅命令だ。別に聞かなくても全く構わない。

「ですが、せっかく貴女が呼んでくれていたというのに……帰れずにすみませんでした」

「ですから、アナルド様に戻ってきてほしかったのはお義父様がうるさかったからです」

「貴女が父の指図通りに動くことは稀《まれ》ですね」

確信を込めた笑顔に、バイレッタの頬は瞬時に熱くなる。

先ほどまでは殊勝な態度であったというのに、この変わり身はどういうことだ。

義父を建前にしたとでも言えば彼は満足するのだろうか。

だとしても、バイレッタの矜持がそんなことを許せそうにない。そんなところまで夫に見透かされていそうで、ますます腹立たしくなる。

「これまで帰ってきませんでしたよね、突然どうしたのです」

「ある程度片づいて、休日をもぎとってきたので」

もぎとった時点で、誰かがアナルドの代わりをしているのか。

サイトール当たりを思い浮かべて、彼の胃は大丈夫だろうかと心配になる。

一年前に新婚旅行と称した家族旅行に行った時も、彼は相当に具合が悪そうであった。

「他の男のことを考えました？」

「貴方の大切な部下のことを」

「それは、俺の努力が足りないということですか」

「努力？」

なんだろう、全然不穏じゃないのに、不穏な言葉に響く。

努力なんて素晴らしいじゃないか。

健全だ。

なのに、絶対に突っ込んだらバイレッタがひどい目に遭う気がする。だというのに、うっかり聞き返してしまった。

「妻には夫に集中してほしいものですから、俺の努力が足りないということでしょう」

「そんな努力は必要ありませんよ？」

「俺の妻が恥ずかしがりであることは理解しています」

その通りではあるが、今は限りなく本音である。

夫に集中するために努力する内容など、身の危険しか感じない。

黙り込んだアナルドは、肩へ回した腕に力を込めた。

吐息がかかって、頰がすり寄せられる。

「貴方の可愛い妻を本当の妻だと証明するために、画策していたのではないのですか」

「ですから、こうして俺の可愛い妻を誘惑しています」

「はい？」

これは聞き返しては駄目だと本能が告げているのに、うっかり反射で問いかけてしまう。何度同じことを繰り返しても、学習しない自分自身の愚かさに心底あきれ果てるというのに。

「俺の可愛い妻を説明できますと伝えましたよ。残念ながら拒否されましたが。貴女も悪いのですよ。バイレッタは少しも可愛いと自覚してくれませんから。怒っていても、可愛いですけど、今回は初めてやきもちを焼いてもらえました。他人を心配している姿さえも可愛いんですけどね。それをしっかりと教え込んで自覚させて、俺の腕の中で堪能したいのです」

そんなこと知らないけれど――っ⁉

本気か。本気で言っているのだろうなとは思うが、夫の正気を疑うレベルである。

賭けを持ち出してきた時に、問い詰めなくてよかった。バイレッタはあの時、少しも冷静ではなかったけれど、だからこそ免れたのだと実感する。

問い詰めていたら恥ずかしさで悶絶《もんぜつ》していたことは間違いない。

今も変わらないけれど。

「バイレッタが照れて答えてくれないのは想定済みです。貴女との正式な婚姻証明書は手に入れましたので、賭けはほとんど俺の勝ちですが」

「ティファニア様との婚姻証明書は正式ではないということでしょうか」

「そちらの確認に手間取っていますが、さすがに二つとも正式な婚姻証明書というわけではないでしょう。閣下の最終的な思惑を考えれば、バイレッタとの婚姻が正式です」

サミュズがバイレッタに話した通り、か。

それをアナルドも知っているということになる。

「隠していたのでは？　軍の機密でしょうに」

「当事者には話しても構わないでしょう。それに、貴女を傷つけたので。謝罪代わりですね」

「別に貴方にもう一人の妻がいても気にしていません。私は別れるつもりでしたし」

「だからこその賭けですよ。その間は、俺の可愛い妻でいてくれるでしょう？」

初めから逃す気がないらしい。

可愛い妻だなんて少しも同意できないけれど。この賭けの内容を吟味したところで、バイレッタの勝率が上がるとは思えない。

「ところで別件ではございますが、以前から貴方にお願いしたいことがあるとお伝えしておりましたよね、覚えておられますか」

早々にバイレッタは話題転換を図った。

こんな賭けに拘《こだわ》っていると心臓がいくつあってももたない。

「軍でも今回のトレスイド侯爵家の不正の証拠を揃えてほしいのです。今回は軍も被害者なのですから、一個人の私的な願いというわけではなくなるでしょう」

「いいですよ。その代わり、今は俺に集中してください」

あっさりとアナルドが頷いて、そのまま頬に口づけた。

それに誤魔化されることなく、バイレッタは冷静に伝える。

「すでに、集めていましたね」

「バイレッタが言ったように、トレスイド侯爵家が軍人に牙を剝いたのは明白でしたから。その情報は追い追い開示する予定です。今は駄目ですが」

「なぜ？」

アナルドは問うたバイレッタの唇を甘嚙みした。かと思えば、そのまま荒々しく塞がれる。我が物顔で蹂躙する舌に口腔《こうこう》を嬲《なぶ》られて、ただ息を乱す。

しなるほどに背中を抱きしめられ、碌に身動きも取れない。

広い背中を叩いたところで、彼の力は緩むことはない。

そのまま、アナルドの手は背中を滑って腰を卑猥《ひわい》に撫でた。途端に甘い痺れが全身を襲う。

「ふあっ……ん、やあ、ダメですっ！」

「以前に拒絶されたのは外だからですよね。今は家ですよ」

強く拒絶すれば、アナルドは少し考え込んだ。

祝勝会の夜のことだろうか。確かに野外はいやだが、軍服も無理だ。

「軍服が汚れるのも嫌です」

そうそう洗濯できるものでもない。だというのに、それを汚すかもしれないとか、想像するだけでも恥ずかしい。

「ですが、今すぐ深く触れたい――」

「ちょ、正気ですか。まだ明るいし、ここは寝室ではありませんよ」

「休日は溺愛している妻を愛でる時間に充てると聞きました」

そんなわけ、あるか！

今度は友人にどんな休日の過ごし方を聞いてきたのだ。

本当にアナルドの友人は碌な助言を与えない。

余裕のないアナルドの腕がバイレッタの腰に回る。スカートに手を這《は》わせて体の線に沿って撫で上げられる。

「……ひゃあっ」

「良い声ですね」

「不可抗力ですっ」

引き寄せられた距離が近い。吐息が触れ合うほどの至近距離から燃え上がるようなエメラルドグリーンの瞳を見つめる。言葉と態度で雄弁に求められれば、バイレッタだって胸は高鳴る。

でもすぐに了承するのは癪《しゃく》だ。

「貴方が黙っていたことを許したわけではないのですけど」

「ふはっ」

アナルドがなぜか破顔した。

え、なぜここで笑われるのか。

バイレッタは混乱する。

笑みの余韻を残したまま、アナルドが瞳を細めた。

「本当に俺の妻が可愛すぎるのですが、どうしたらいいですか？」

「どうもしなくていいですっ」

「もう一人の妻なんて気にしていないのではなかったのですか。なのに、妻がいたことを黙っていたのは許せないんですね」

「…………っ」

軍務内容を民間人に話せないのは理解している。軍人であるアナルドがバイレッタに黙っていることなど数多あるに違いない。

だから彼が指摘したように、バイレッタが傷ついたのは別の妻の存在を隠していたこと。気にしていないという言葉が強がりだと証明していることになる。

しまった、失言だったと顔を赤くしたところで、とろりと蕩ける眼差しに射貫《いぬ》かれるだけだ。

髪ごと背中を撫でられたら、ぞくりと快感が走る。僅かな仕草に甘い痺れが呼び起こされて、熱を帯びる。

「いつも不思議なのですが、どうしてそう俺を煽るんですか。浅はかですよ。危機意識が足りないのでは？」

「ご自身の理性に訴えてくださいませっ」

まるでバイレッタが迂闊だなんて呆れられても困る。

そんな意図など一つもないのに、勝手にアナルドが意訳していくのだ。

戸惑っているうちに、アナルドは覆い被さってくる。

「あっ、やあ……っ」

腕を突っぱねるけれど、隙間は少しも開かない。その間もアナルドの唇は頬と首筋、鎖骨を辿っていく。

「抱きたい。いいですか、バイレッタ？」

懇願は熱を帯びて真剣だ。はぐらかす選択肢も浮かばない。

けれど、欲しいなんてバイレッタから言えるはずもない。

「……貴方の妻は、本当に私だけ――っ」

疑問形で続けられるはずの言葉は、深い口づけで塞がれて続けることができなかった。舌を絡めて、濃厚な淫靡さに酔う。

「妻の独占欲が嬉しいですね」

「ちがっ、わざと塞いだでしょう⁉」

言葉の意味が全然違う。

アナルドの妻は本当に自分だけか尋ねたかっただけだというのに！

別にアナルドを独占したいかのような言葉を吐くつもりはなかったのに。

かっと真っ赤になれば、アナルドが笑う。

「でも、事実です。俺の可愛い妻は貴女だけですよ、バイレッタ」

心の底から嬉しそうに笑うから、バイレッタはそれ以上言葉を続けることができなかった。

だから、アナルドの首に腕を回したのだった。

それが、了承の合図のように――。


「お疲れでしたら、もう少し休まれますか？」

しれっと伝えたアナルドを殴らなかった自分を褒めてやりたい。

ソファにぐったりと沈んだバイレッタは、怒りのためにしゃっきりと背筋を伸ばして座り直した。

そもそもデュルクムたちが出ていったのに、屋敷の人間がいつまでも応接室を占拠しているのも問題だ。

「いいえ、だらだらしてこれ以上皆に呆れられたくはありませんから」

「残念ですね。このまま寝室に運んでもいいですよ？」

「結構です」

いつものように身支度をすっかり整えたアナルドは、バイレッタの衣服の乱れも直してソファに座らせてくれたけれど。この体力の違いだけは、どうしても埋まらない。

「何か飲まれますか？　声が嗄《か》れているようです」

「誰のせいだと……？」

羞恥で真っ赤になったバイレッタをアナルドが愛しげな瞳で見つめてくる。澄み切ったエメラルドグリーンの輝きを知るのは自分だけだと、噛み締めた。

「水を持ってきます」

アナルドは扉へと向かって、不意に動きを止めた。

そして一拍の後、勢いよく扉を開けた。

「へ、うわっ」

廊下から間抜けな叫び声が上がる。

「とうちゃま、ゆうごはん、のじかん」

扉を開けた隙間から、中を覗き込んだエルメレッタが、上を見上げている。

言葉から誰かとともに夕食の時間になったと呼びにきたらしい。

「エルメレッタ？」

アナルドがすかさず娘を抱き上げて、廊下に転がった男を見下ろした。

「フェンネル・ゼイバ軍曹？」

「ヤー・ゲイバッセ！」

アナルドが疑問で投げかけた途端に、ゼイバは飛び起きて最敬礼で応じた。

帝国軍人の身に染みた習性だ。

「なぜ、ここに?」

アナルドの視線は絶対零度の冷たさだ。辛辣な態度で、相手を威圧したいなら文句のない態度ではあるが、敵でもない同国の軍人にとる態度ではない。

「お仲間ではないのですか?」

「大将命令でここ最近ずっと探していた相手ですよ。おかげで戦地帰りの休暇も吹っ飛んでいます。本来なら、妻と子供と有意義に過ごせるはずの休暇ですよ。それで仲間意識を持てと?」

心底軽蔑しているアナルドに、ゼイバは卒倒しそうな勢いである。

「申し訳ありませんでしたっ!」

深々と頭を下げて、決して上げることがない。

「逆恨みでは?」

「正当な怒りです」

バイレッタが問えば、瞬時に冷ややかな声が返ってくる。

あとは険を孕んだ目でひたすら頭を下げ続けるゼイバを睥睨《へいげい》しているだけだ。

「とうちゃま」

アナルドの腕の中で、静かに成り行きを見守っていたエルメレッタが口を開く。

「め、よ」

「悪いことをしているのはあちらですよ？」

エルメレッタに叱られても、全く悪びれる様子がない。どこが正当な怒りなのだろうかとバイレッタでも思うのに。明らかに八つ当たりだろう。

「特務を中将、いえ大将閣下から命じられて帝都に戻された途端に粛清が始まったんです。何が何やらわからぬまま帝都中を逃げ回って助けを求めたところ、奥様に匿《かくま》っていただいておりました」

「どういうことです？」

「ティファニア様とシックスを連れて帝国歌劇を観に行った帰りに、シックスを見つけた彼が助けを求めてきたのです。護衛をしていたので、二人の顔は知っていたようで。結果的に、そのままここにいてもらったというか。今はエルメレッタの遊び相手をしてくれています」

「へえ？」

うまく弁明できる気がしない。そもそも弁明の必要があるのか疑問なのだが。

アナルドがにこっとバイレッタに向かって笑んだので、思わず戦慄した。

「おしおきですね」

「どのあたりで？」

「とうちゃま、めっ」

困惑するバイレッタのために、エルメレッタがもう一度怒ってくれる。

なんてできた娘だろう。

いつもはそっくりな父娘《おやこ》ではあるが、こんな時は娘が頼もしい。

ゼイバは所在なさげに顔を恐る恐る上げる。

「あの、私は……」

「俺の妻はすぐに困っている者を拾ってくるんですよ」

「同国の軍人を捨てられた犬猫のように言うのはやめられたほうがよろしいですわよ」

「真実ですから。それで、間男だけでは飽き足らず何人誑《たら》し込んできたのやら……」

「ゲイル様をいつまでも間男とお呼びになるのもやめてください」

顔を顰めてみせれば、アナルドは笑みを深めた。

「貴女の魅力には本当に参ります」

「違いますから！　何度も言いますが、シックスについてきたのです。ゼイバさんもなんとかおっしゃっていただけません？」

「は、え？　いや、あの……すみません」

まるでバイレッタが虐《いじ》めているように真っ青になったゼイバはそのまま頭を下げた。

「中佐の噂はかねがねお聞きしておりましたが、これほど奥様を溺愛されているとは思いませんでした。本当にティファニア様が妻だと勘違いしていて申し訳ありませんでした！」

今、それについて謝ってほしいわけでもなくて！

しかも何を思ってその謝罪に至ったのか、バイレッタは想像して羞恥で身を竦める破目になったのだった。


「バイレッタ様？」

おずおずと声をかけられて、バイレッタははっとした。

アナルドが戻ってきたのは昨日だったはず。彼は半日だけ過ごして、夕食後にはゼイバの件を報告するため、仕事へと出かけていった。サイトールの胃のためにももっと迅速に行動してあげてほしいところだ。

アナルドとともに出ていくと言い張ったゼイバを必死に宥めてなんとか落ち着かせたものの、どんな行動に出るかわからない男の見張りはエルメレッタに任せている。

小さい弟妹の多いゼイバは驚くほど子供の扱いが上手い。

今まで見てきた誰よりも子守に向いている。

意外な事実を思い起こしながら、目の前でバイレッタを見つめてくる犬のような男を見やった。

サロンでゆっくりお茶をしたまままくつろいでいたところに、シックスがやってきたのだ。

何やら話があるとのことだったので、目の前に座っている。

だが、彼の表情はどことなく浮かないように見えた。そんな彼が気づかわしげに見つめてくるのだから、バイレッタは申し訳なくなる。

「あ、いや、なんか疲れています？」

バイレッタは軽く頭を振って、目の前のお茶に口をつける。

内心の動揺を悟られないようにするのが精一杯だ。

「ごめんなさい、それで話ってなんだったかしら」

「疲れているところに、すみません」

「え、ああ、違うのよ……」

疲れているかもしれないが、それはどこか気だるさを含んだものだ。

アナルドは昼から始めたくせに夕食の時間まで無茶したのだ。おかげで次の日まで、ぼんやりしてしまった。

そんな恥ずかしい内容を伝えるわけにもいかない。今日は仕事が休みの日でよかったと心から思う。

諸悪の根源は出かけていて帰ってこないことを思えば、ますます不甲斐なくなるほどだ。

シックスからは探るような視線を感じず、ほっと安堵しつつ視線を向ける。

彼は躊躇いがちに口を開いた。

視線が合わないのは、彼が俯いているからだ。いつもの人懐こい笑みもない。

「アナルド様はなんのために帰ってきたのですか」

「休暇だと言っていたわ。部下に仕事を押し付けていたみたいだったけれど、ある程度のめどはついたのではないかと」

なんのために帰ってきたのかと聞かれれば、よくわからない。

本人は仕事が一段落したからだと嘯《うそぶ》いていたが、サイトールにおしつけている時点でそれほど解決しているとは思えない。

まさか妻の顔を見たかったから、とか？

思い当たった理由など、シックスに伝えられるわけもない。

結局ゼイバに会ったので、サイトールに報告する必要があると軍に戻っていった。

彼の処遇については追って知らせるとのことだった。

「そういえば、ティファニア様のご様子は？」

あれほど会いたがったアナルドに面と向かって妻ではないと告げられたのだ。相当にショックを受けていただろうに、落ち込んだりしていないだろうか。

「特に変わりはありません。落ち込んで、部屋から出てきません。もともと出歩く人ではないので、目当てのスワンガン伯爵家から出ることもありません。放っておいて大丈夫ですよ。それより、アナルド様の仕事が落ち着かれたということは、帝都の軍人狩りの話は、どこまで進んだのですか」

「さあ、そこまでは。アナルド様は仕事の内容などほとんど話されないわ。特に必要がないと思われることは。今回のことはこちらには関係ないとお考えなのでしょうね。帝都新聞によれば、犯人自体に動きがないらしくて、しばらくは様子見になっているそうよ」

今朝の帝都新聞の内容を語れば、シックスはぴくりと肩を震わせた。

聞きたくないと拒絶しているようでいて、しっかりと聞いている。彼のよくわからない態度に、バイレッタは首を傾げるしかない。

「軍人狩りが気になるの？」

「……俺が疑われていたようなので」

「身の潔白は晴れたのでしょう？」

「俺は剣が持てないので。持つと震えてしまうのです。デュルクム様もご存じのことですが」

なるほど。

だから、アナルドが質問した時に、デュルクムは自信満々だったのか。

「もう疑われているとは思わないけれど？」

シックスが何を気にしているのかバイレッタにはわからなかった。どこか途方に暮れたような顔をした彼に、なんと声をかけていいのかわからないのだ。

「ゲッフェ王国の暗部というのは暗殺者の集団です。隠密《おんみつ》と暗殺を得意としました。国所属の兵士ではなく、王個人の持ち物という扱いでした。落ちこぼれでも生き残っている俺の疑いは晴れないと思います」

シックスがずっと自分を落ちこぼれというのは、剣が持てないからか。

そんな彼が暗部という組織にいること自体、何かの間違いではないかと思ってしまうが。

「俺は孤児で、育ての親が暗部の元隊長だったんです。だから、未成年の見習いで落ちこぼれでも置いてもらえて……毎日命令されて、その通りに仕事をこなすだけで」

バイレッタの疑問に答えるように、シックスは口にした。

なぜかそのまま黙り込んでしまう。

重たい沈黙が場に満ちた。

「やりたくなかったことを、ずっとやっていたの？」

会話の接ぎ穂を探して、バイレッタが頭を必死に回転させれば、シックスはぱっと顔を上げた。

「……そんなこと考えたこともありません。自分の考え……？」

つまり、命じられたままに行動してきたということだろうか。

本人の嗜好《しこう》すら挟む余地もなく、生きてきた、と。

ティファニアもシックスも人形のようだ。ただ、言われたままに従って流されて日々を過ごしているように見える。

折角ガイハンダー帝国にいても、また誰かの思惑で動いているのだろうか。

そう思えば、憐れでならない。

「貴方たちは未来の生活を大切にするべきではないかしら。ティファニア様は旧ゲッフェ領の主人になるにしろ、ならないにしろ周囲の者たちはどうしたって巻き込まれるでしょう。残っている国民たちだって同じだわ。その時に、困らないために今何をすべきかを考えるの」

「未来の生活、ですか」

「貴方はティファニア様に怒ったけれど、貴方自身も、何がしたいのか未来を見据えて考えるべきよ」

「俺が？」

考えても答えは深淵《しんえん》に沈んでいるかのような表情で、シックスはつぶやいた。

少しでも彼の中の何かに響けばいい。回答のようなものを残すことができれば、きっと主従にとって希望になるだろうに。

バイレッタはそう願って、口を開く。

「そうすれば、少しはティファニア様にも伝わるのではないかしら。幸福を知らない者が幸福を教えられないし、明確な未来が見えない者は誰も導けないもの」

「幸福……未来……？」

揺れた彼の瞳には、翳《かげ》りしか見えない。

何も光らしい光がないというのもどうなのか。

彼らのこれまでの人生を思えば、仕方のないことかもしれないけれど。

「ティファニア様がどうあれば幸福になれると思うの」

「それを俺が考えるのですか？」

「ティファニア様の傍にいるのは貴方でしょう。貴方にはいいところがたくさんあるから。きっと主人を支えていけるわ」

いつも屈託ない笑みを浮かべられるのはシックスの美点だ。人徳ともいう。

暗部出身だとしても、彼はどこか朴訥《ぼくとつ》としていて好青年である。

いつか本人が自分の良さに気づくといい。そして、ティファニアにも教えてあげられればいいのに。

けれども、シックスにとっては意外なことだったようだ。彼は驚きつつ戸惑い、視線を彷徨《さまよ》わせた。

「俺は……」

言い淀むシックスは迷子の子供のようだ。

エルメレッタのほうが、よほどしっかりとした意思のある眼差しをしていると思う。

バイレッタは思わず、シックスの頭を撫でた。ワインレッドの髪は思ったよりも硬質だが、それはそれで手触りがいい。

「――っな」

「ゆっくりでいいわ。けれど、考えるのをやめては駄目よ」

「……女神は容赦がない」

視線を逸らしたまま、シックスは項垂れるようにつぶやいたのだった。


バイレッタが仕事を終えて帰宅すると、ドノバンとシックスとゼイバが玄関ホールで話していた。スワンガン伯爵家の屋敷内がどこか慌ただしい雰囲気に包まれている。

「何か騒がしいようだけれど、どうかしたの？」

「若奥様、お帰りなさいませ。それがティファニア様が屋敷を飛び出していかれたそうで……」

「ええ？」

ティファニアはここしばらく大人しくスワンガン伯爵家に滞在していたはずだ。

デュルクムの話では、ここに居たかったのでどこかに行くことはないと言っていた。

「商人の買い付けを禁止したから、飛び出したのかしら？」

それともアナルドの件があって、ショックで飛び出したとか。

シックスは放っておいていいと言っていたが、間違いだったのかもしれない。

その上、すでに夕方である。

女性の一人歩きが危ないのはガイハンダー帝国内なら常識だ。

「ちょっと言い争ってしまって……それが嫌になって飛び出したのかもしれません」

「何をやっているの」

落ち込んでいるティファニアにさらに追い打ちをかけるようなことを言ったのか。

本当にこの幼い主従は感情任せだ。

バイレッタの助言が、もしかしたらシックスを焦らせてしまったのかもしれないが。

「すみません。途中までは追いかけたのですが、人手が欲しくてゼイバ軍曹を呼んだのです。ちょっと一緒に探してきます」

「そんなわけで、私も行ってきます」

項垂れたシックスとゼイバが玄関を飛び出そうとするので、バイレッタも手伝うことにした。

「貴族街の土地勘がないでしょう。私も行くわ」

「ティファニア様がこちらに戻ってこられたら、すぐに連絡いたします」

「お願いするわね」

ドノバンに頼んで、三人で屋敷を後にする。

シックスが追っていたところまで先導してくれたので、二人でついていく。

「本当にこんなところまで……？」

シックスがやってきたのは、貴族街の外れだった。

馬車を使って移動する貴族たちが住んでいる区画なので、通りを歩く者の姿はない。

しかも近くの貴族の屋敷からも随分と離れている。人通りが皆無なのは頷ける。日が傾き始めたため、家々の灯《あか》りも灯《とも》り始めたが、それでもここまでは届かないほどの距離がある。

「こんな場所に夕方にやってくるなんて、怖くはなかったのかしら」

「そうですね、日が落ちたら貴族街といえど無事ではすみませんし」

バイレッタがぼやけば、ゼイバがすかさず相槌を打つ。

「あっちの通りに入ったところを、目撃したのが最後です」

シックスが示した先には細い路地が見えた。

薄暗い路地の向こうに何があるのか、すぐには思い出せなかった。

バイレッタだとて馬車でしか往来しないので、細い道がどこにつながっているのかわからないのだ。それをほとんど出歩かないティファニアが知っていることが驚きだった。

怒って飛び出したにしても、闇雲に走ったのだとしたら迷子になっている可能性もある。だから一人では戻ってこられないのかもしれない。

「早く探さないと、真っ暗になったら灯りがいるわ」

「では、私が先を見てきましょう。もしかしたら引き返してきたティファニア様と会えるかもしれませんから、バイレッタ様はここで待っていてもらってもいいですか？」

シックスが示したほうに歩き出してむき出しの石畳とどこか饐《す》えた臭いに、バイレッタが思わず顔を顰めれば、ゼイバが軽快に路地へと向かった。止める間もなかったため、見送る形になる。

あっという間に姿が見えなくなったのだが、本当にこんなところに、ティファニアが来るだろうか。

違和感のまま、人がようやく通れるような細い路地の入り口に立つ。暗闇は先を見通すことも難しい。

「普通に灯りがいるわね」

「見えなくてちょうどいいですよ」

「え？」

シックスの感情をそぎ落としたかのような声が聞こえたので、バイレッタは足を止めて振り返った。そしてドンと強くぶつかるように誰かが突進してきた。

「なにを……？」

強く抱き留められて、バイレッタは息を呑んだ。視界の端に捉えたのは艶やかな灰色だ。見慣れた色に、自分が誰に抱きしめられているのか、瞬時に理解した。

なぜここに？

疑問を抱くと同時に、これまでアナルドに手荒に扱われたことがなかったと気づいた。

バイレッタを強引に抱いた時だって、手荒に感じたことなど一度もない。

「アナルド様……？」

問いかけて上を向けば、無表情のアナルドの顔があった。だが、彼の言葉は出なかった。

「……かはっ」

「え？」

代わりに口からは赤い液体が零れる。口の端から一筋流れた血はバイレッタの頬に落ちた。ひどく熱い。

濡れた感触に、茫然とする。

「ア、ナルド様……」

彼の胸当たりから刃の先が見えた。

なぜ、そんな位置に？

現状を理解できない頭のどこかで、それが刃の切っ先であると考えている自分がいる。アナルドの後ろには剣を握りしめたシックスがいた。

「ちっ、邪魔を……」

彼が口汚く罵ると同時に、剣先がずるっと音を立てて抜ける。

それと同時にアナルドの体から力が抜けた。そのまま、バイレッタにのしかかるように彼は倒れ込んでくる。

バイレッタはその重さに息を詰まらせながら、アナルドを抱えたままシックスを睨みつけた。

「貴方は……」

だが、それ以上は続かなかった。

十分に、混乱していたのだ。

薄暗い路地でも、黒々と浮かぶシルエット。けれど炯々と輝くシックスの瞳の異様さは感じ取れた。

「な、どういうことだ、シックスっ」

ゼイバが異変に気がついて戻ってきた途端に上ずった声を上げる。

「全く、狐のせいで計画が台無しだ。せっかく、軍曹に犯人になってもらって女神を殺そうと思ったのに……」

シックスの冷え冷えとした声には、これまでの親しみやすさは微塵も感じられない。

「まさか、これまで小隊を襲っていたのはお前か……？」

「そうですよ。だというのに、俺に助けを求めるもんだから笑っちまいましたけどね」

震える声音を抑えてゼイバが問えば、シックスはあっさりと頷いた。

「くそっ、本当に私は運がないな――。だとしても、彼女は関係ないだろう」

「姫の幸福のために死んでいただきたいんですよね、女神様？」

投げかけられた言葉の意味を理解する前に、鋭い一突きを、バイレッタはアナルドの腰の剣を引き抜き、払う。考えるよりも向けられた殺気に体が勝手に動いた。

狭い路地の手前といえども十分な道幅があるわけでもない。

丸腰のゼイバの助力はあまり期待しないほうがいいだろう。

「そうか、剣を扱うとデュルクム様から聞いていましたね。ですが、そんなお荷物を抱えていつまで持ちますか」

「やめろ、シックス！」

ゼイバはシックスに躍りかかったが、あっさりと斬り捨てられた。

「ぐはあ……っ」

「剣の腕も大したことないくせに、丸腰で俺に勝てるわけがないだろ。しばらくそこで転がっててくださいね。さあ、次は女神様の番ですよ」

アナルドの重みで確かに身動きはとれない。けれど、何もせずに目の前の男に殺されてやるわけにはいかない。

このまま見逃してくれる相手でもないことは、シックスの瞳を見ればわかる。

暗部にいたという暗殺者だ。本人からは落ちこぼれと聞いていたが、少なくとも剣を扱う手に震えは見られない。ゼイバを斬る時も躊躇いはなかった。

「落ちこぼれですって？」

「剣を握ると震えるんです、人を斬りたくて仕方がなくて。命令無視はしょっちゅうでした。未成年だから見習い扱いで見逃してもらいましたけど」

屈託なく笑顔を向けてくる相手に、根っからの殺人者だと知る。

なるほど、無暗《むやみ》に刃を振るうため、暗殺者向きでないと思われたのか。

納得したところで状況はよくなるはずもない。

思わずアナルドを抱きしめる腕に力が籠もれば、力の抜けていた彼の手がバイレッタの剣を掴む手を握った。

言葉もなく、バイレッタから剣を奪うと、振り向きざまに油断していたシックスを斬りつけた。

「アナルド様！」

バイレッタに背を向けた形になったアナルドを凝視する。染め上げるシャツから出血の量は窺い知れる。悲鳴じみた声で名を呼んでも彼は頓着する様子もなく、剣を振り続けた。

動けば動くほど、出血が増すというのに！

だが、アナルドは自身の傷には少しも配慮がない。

壁際にシックスを追い詰めると、剣を振ると同時に強烈な蹴りを放った。

「――っぐふ」

予想外のアナルドの動きに、壁に蹴りつけられたシックスが地面に崩れ落ちる。それを見逃さず、倒れたシックスを仰向けに蹴って転がす。すでに彼は胸から腹にかけて出血していた。最初にアナルドに斬られた傷だろう。

「っ、痛いじゃないか……ぐっ」

アナルドは無駄口を叩いたシックスの傷口を踏みつけて、ぐりっと踵《かかと》で潰す。シックスが文句を言いつつ、顔を顰めて呻いた。

「バイレッタを狙ったな。誰に命じられた?」

確かに、シックス自身、自分で思考して仕事をすることはないと話していた。つまり、誰かにバイレッタを殺すようにと命じられたということだろう。

その事実に改めて戦慄した。

誰かに命を狙われたのは初めてではないが、何度も味わいたいものではない。

「言うわけない……だろっ」

「わかっていたが、暗部は厄介だな。往生際が悪い」

アナルドはぽつりとこぼすと、シックスの鳩尾《みぞおち》を狙って踵で踏みつけた。

苦悶《くもん》の声を上げて、シックスの意識が落ちた。

ぴくりとも動かない男を見つめて、アナルドも茫然と立ち尽くしている。

「アナルド様、大丈夫ですか」

脅威が去ったと理解して、バイレッタはアナルドに駆け寄った。

「すみません、少し……」

眠りますと伝えた途端に、アナルドはゆっくり目を閉じてバイレッタへと倒れ込んできたのだった。

「中佐の首に、細い鎖がかかっていませんか？」

意識を失ったアナルドを支えて動けないでいると、倒れていたゼイバが問いかけてきた。斬られてはいるようだが、意識はしっかりしている。

バイレッタは指示通りに視線をアナルドの首元に向け、軍服の襟の隙間から、確かにチェーンが覗いているのを見つけた。引っ張り出すと金属製の笛がついている。

「呼び笛です。長く一度吹いていただければ、近くを巡回している誰かが来てくれます」

ゼイバが途切れ途切れに告げたので、バイレッタは思い切り強く一度だけ吹き鳴らしたのだった。

第四章　新たな始まり

アナルドの部屋の寝室など立ち入ることがない。

けれど居座ってみれば、彼らしい雰囲気に納得してしまう。

そんな寝室の主人は、昏々《こんこん》と眠り続けている。

すでに事件から三日が経っているというのに、目覚める気配がない。

看病しつつ、すっかりバイレッタは夫の自室にも慣れてしまった。

そんな昼下がり。

気だるそうに眼《め》を開けたアナルドを見下ろしていたバイレッタは、寝台脇に置いた椅子から立ち上がることもなく声をかけた。

「起きましたか」

尋ねている声にどうしても怒りが混じってしまう。それを感じ取ったのか、アナルドも数度瞬《まばた》きを繰り返し、頭を動かす。

バイレッタの様子を確認しようとしたのだろう。

そのままアナルドは痛みに小さく呻いた。

「動かせませんよ。何針縫ったと思っているのですか」

剣で体を串刺しにされたのだ。背中も胸もどちらも縫う破目になった。

バイレッタの言葉で自身の状況を思い出したのか、彼は珍しく顔を顰めた。

だが、ゆっくりと寝台の上に体を起こす。

「動かせないと言いましたが」

「痛み止めが効いていますから、これくらいなら平気です。バイレッタは、怪我《けが》はありませんか」

「おかげさまで」

答えた声はどこまでも硬質だ。

感謝の気持ちなど欠片《かけら》もない。

実際バイレッタの怪我など意識を失ったアナルドの体を支えきれずに、倒れ込んだ時についた擦り傷くらいだ。軽傷もいいところで、致命傷になどなり得ない。

あの後、呼び笛を聞いてすぐに駆けつけてきたサイトールたちにアナルドとゼイバ、シックスを連れて帰ってもらった。

なぜアナルドがあの場所にいたかといえば、家に帰るとあまりに我儘を言ったため、見回り途中にサイトールとともにスワンガン伯爵家へと向かっていたらしい。そこで、家を出るバイレッタとシックスを見かけてついてきたというわけだ。駆け出したアナルドに置いていかれたサイトールは近くにいたため呼び笛の音にも気がついた。やってきた途端に、意識を失って転がっている上司に驚いていたが、すぐに軍に応援を呼んでくれた。

そのまま二人とも軍の医療施設に連れられ治療となったのだ。

アナルドはその後、スワンガン伯爵家へと戻されたが、シックスは軍病院に収監されている。

ちなみにティファニアが出ていったというのはシックスの嘘だった。

部屋に行けば寝ていたらしい。シックスが出ていったことも知らなかったと答えた。

結局、ティファニアはそのままスワンガン伯爵家で預かっている。

「運がよかったんです。シックスがあまりに腕が正確で、私の心臓を一突きするはずでしたから位置がずれたんです。おかげで彼の剣はほとんどアナルド様の内臓を傷つけなかったのですから。治療も迅速に行われて、失血が少なかったことも幸いでした」

「そうですか」

本当に運がよかったのだ。

落ちこぼれだと語っていたシックスが実は凄腕《すごうで》の暗殺者で。

シックスの腕が悪かったら、サイトールが駆けつけるのが遅れたら、アナルドが多量に失血していたら。

何か一つでも歯車が狂っていたら、確実にアナルドは死んでいた。

それを本当にわかっているのか。

腹の底から怒りが湧いた。

「守ってほしいなんて一度も言いませんでしたが」

「黙って妻が殺されるところを見ていろと？」

「ご自身を犠牲になさらないで！」

自分の声があまりに悲痛な叫びに聞こえて、バイレッタは思わず唇を噛み締めた。

今、口を開けば絶対に無様なことになる。

それはバイレッタの矜持が絶対に許さない。

そんな妻をアナルドは見つめて一際落ち着いた声音で言葉をかけた。

「いつかと立場が逆ですね」

「え？」

「貴女が爆発に巻き込まれたと聞いた時は、本当に心臓が止まるかと思いました。自分の無力さに怒りすら感じましたよ。だというのに、目覚めた妻ときたら、開口一番に仕事の話で、次がドノバンの心配、妹への感謝と……」

スワンガン伯爵家の玄関ホールでテロ攻撃に遭い、バイレッタとドノバンが巻き込まれたことがあった。確かにバイレッタはあの時、戻ってきたアナルドにそんな話をしたかもしれない。

何を話したのかあまり覚えがない。

「俺への言葉は一つもありませんでしたね」

「その時のことを申し訳ないと謝ればよろしい？」

アナルドが何を求めてそんな話をしているかわからなくて、バイレッタは思わず怒りも忘れて問いかける。

「いいえ、結構ですよ。今は最高の気分ですから」

「なぜ？」

思わずバイレッタの口からポロリと本音が漏れた。

自分は確かに怒っているというのに。

満足に動けないほどにボロボロのくせに。

なぜ、夫は満足そうに微笑んでいるのだ。

本当に彼の思考回路は謎である。

「いつかも言いましたが、貴女は怒っている相手に怒っているとは言いません。笑って流すか、言い負かす程度で、相手への感情は巧妙に隠して、その場でおしまいにしてしまう。そんな取るに足らない存在だと突き付けられるのはさすがに堪えます。だから、バイレッタが矜持を曲げてまで、取り乱して俺に怒ってくれているのがとても嬉しい」

アナルドは澄んだエメラルドグリーンの瞳を向けて、優しく微笑んだ。

「心配をかけましたが、俺は満足です」

「馬鹿なことを――っ」

呆れた途端に、怒りが再燃した。

ついでに涙が一筋バイレッタの頬を伝う。

違うのに。泣くつもりなどないのに、どうしたって感情が波打って制御できない。

「し、心配をかけたと思うならっ……反省、す、べき……です！」

乱暴に目元を拭えば、アナルドの手が伸びてきてバイレッタの手首を摑んだ。

そのまま、寝台に倒れ込むように乗り上げる。

「妻が存外、泣き虫だと知っているのは夫だけの特権ですね」

薬が効いているとはいっても不具合はあるだろうに、しれっと答える声には喜色が滲む。

どれだけ愚かなつもりなのか。少しくらいは自分の体を労って、後悔すればいいのに。

バイレッタの中では怒りばかりが増すのだ。

「そんなに愚か者になり下がりたいのですか」

このまま自分の全身の重さで潰してやろうかなと思うくらいには、バイレッタは怒っているというのに。

「自覚はありますが、妻に溺れる夫など皆そんなものでしょう。貴女が無事で本当によかった。幸せを嚙み締めさせてください」

「もう二度と自身を危険に晒さないと約束していただけるなら、お好きなだけ堪能してくださいな」

本当に怒っているのだと目を吊り上げて見上げれば、アナルドはバイレッタの目尻に唇を寄せた。そのまま、留まった涙を啜《すす》る。

「貴女が危険にならなければ、同じことはしませんよ」

「また屁理屈《へりくつ》を……」

アナルドはやはりワイナルドにそっくりだ。

言葉で言葉を返す。

普段は会話すらない親子のくせに、血筋というのは恐ろしいものだ。

ここは素直に頷いてもいいのでは？

愛しているなら、妻に心配をかけるようなことをするべきではないのでは？

当然のように浮かんだ言葉に、バイレッタは勝手に赤面した。夫の愛をしっかりと受け止めて自覚している自分に気がついたからだ。

盛大な自爆であることは理解している。

思わず俯いたバイレッタの顎に手を添えて、アナルドは上向かせる。精一杯の抵抗で視線を逸らせば、ふっと笑う気配がする。

それが愛しいと言いたげな空気を孕んでいて、ますますバイレッタは夫と目を合わせられない。

「ここで貴女を愛していると言ったら怒りますか？」

「べ、別に怒りません……」

少し不機嫌になるかもしれないが。

今はアナルドの体を大事にしろと言っているのだから、話をはぐらかされた気がするかもしれない。

「ふふ、正直ですね」

今度はどんな翻訳機能が働いたのか。

少しも素直なことなど言っていないというのに。

バイレッタが顔を顰めれば、アナルドはそっと口づけてくる。

啄《ついば》むだけのものから、次第に深く情熱的に。もどかしく舌を絡ませれば、くちゅりと音がした。

それはどこまでも甘く、熱烈なものだった。

「貴女の潤んだ瞳は雄弁ですよ」

そんな瞳を知るのはアナルドだけだ。でも、反論したところで勝てる見込みがない。

だから、バイレッタは悔しくなって瞳を閉じたのだった。


寝台に身を起こしたまま、アナルドはこれまでの経緯をバイレッタに説明した。

「ドレスラン大将の計画では、旧ゲッフェ領を貴族派に押し付けてあざ笑うつもりだったと思います。あの姫の持参金が単なる泥船だと、ね」

旧ゲッフェ領は、豊かな農地と銀山が売りだ。

けれど、農地は先の南部戦線の際に、紛争地帯となり荒れ果てたまま放置されている。帝国軍に接収されたせいで、耕作もままならないらしい。その上、銀山は大量の水分を含んでいて掘り出せない。

まさに泥船である。

バイレッタはサミュズからその話を聞かされたが、アナルドはモヴリスに教えてもらったらしい。

モヴリスの性格を思えば、猛毒の餌に食らいついて自滅する貴族派を眺める計画を、さぞかし楽しんだのだろう。

「なぜ、アナルド様の妻に？」

「貴族出身の軍人であれば誰でもよかったとは思いますが。彼女が俺に執着を見せたからではありませんか。大人しく姫がいうことを聞くような相手が欲しかったのでしょう。昔から他国の城に連れられては餌だと言われていましたから。釣れるなら、誰でもよかったのだと思います」

「餌……アナルド様はそれで本当によかったのですか」

「計画自体、知らされてもいませんでしたからね、特段感情を抱かないというか。ああ、いや今回は、妻が嫉妬してくれたので、むしろ感謝になるのでしょうか」

やはり、一度は真剣に殴ってやればいいのかもしれない。

これは許されるに違いない。

真っ赤になったバイレッタに、アナルドは変わらぬ笑みを浮かべる。

「そ、それで、ドレスラン大将の企みは成功ということでしょうか」

「閣下は特務として小隊を姫につけていたんです。主に監視が目的でしょう。ですがその特務についていた軍人たちが裏切って、ギーレル侯爵の元に姫を連れていったということらしいです」

「それはゼイバ軍曹から聞きました」

サミュズからも彼らが軍を裏切って、モヴリスの粛清対象になったことも。

けれど、粛清していたのはシックスだ。

モヴリスが彼に依頼していたとは考えにくい。

「そうですか。閣下は何やら裏切りやすい相手を選んで姫につけていたようで。借金持ちや、貴族派のスパイだと思われるような軍人をよくもあれだけ集めたとは思いますが。なんの意図もなかったのは一人だけでしたよ」

それがゼイバなのだろう。

彼は本当に善良だ。本人はしきりに運が悪いのだとぼやいていたが。

「そんな彼らが今度はトレスイド侯爵家に口封じとしてシックスに命を狙われて……とばっちりを受けたゼイバは早々に特務小隊を離脱して行方不明だったので。すっかり疑心暗鬼になって帝都中を逃げ回っていたのですよ。まさかこの屋敷にいるとは思いませんでした」

アナルドがゼイバを見て、絶句した理由に思い至り、バイレッタは目を伏せた。

上司に命じられて任務についたはずなのに、裏切りどもと一緒に放り込まれたのだから、人間不信になるのは当然だろう。さすが悪魔なモヴリスはやることがえぐい。

軍人狩りの真実を知って、併せてなんともいえない気持ちになる。

なるほど、粛清を依頼したのはトレスイド侯爵家か。

だから、アナルドがトレスイド侯爵家を調べていたのだと理解した。不正の証拠を探していたのだろう。別にバイレッタが頼むまでもなかったのだ。

「アナルド様にその軍人狩りの犯人を突き止めろと命じられたのはドレスラン大将でしょう？」

それはどんなマッチポンプだ。

どう考えても、軍人たちが襲われた理由も知っていたに違いない。襲った犯人にも心当たりがあっただろう。それを教えもせず、部下に追わせる理由がわからない。

「それほど、俺に旧ゲッフェ王国の姫との偽造の婚姻証明書を暴かれたくはなかったのでしょうね。バイレッタとの本物の婚姻証明書までまるで手に入れているように語られて、質に取られていました。散々解消すると脅されましたからね。おかげで姫に強く出られなくて申し訳ありませんでした」

アナルドがなんとかモヴリスから手に入れた姫との婚姻証明書は何もかもが違法だったらしい。子供が書いた落書きほどの価値しかない代物だったそうだ。

そして、デュルクムに頼んで見せてもらったバイレッタとの婚姻証明書はまごうことなき本物であることも確認してあるとのこと。

比べるべくもないとは行政府勤めのデュルクムが断じた。

さすがモヴリスと褒めればいいのか、呆れればいいのか。判断に迷うところである。

それを手に入れたので無理やりスワンガン伯爵家に戻ってきた矢先に、シックスに襲われているバイレッタを助けられたとアナルドは嬉しそうだった。

「結局、シックスが貴女を襲った理由はわかりませんが……」

ゼイバが狙われていたのはわかったが、バイレッタを襲った犯人に仕立てられたのはわからない。それほど、トレスイド侯爵に恨まれているということか。

「それで、どう対処するおつもりですか」

「なぜ、それを私に聞くんです？」

「俺の妻がやられっぱなしで終わるとは思えないからですね。今回は不本意ながら、貴女が大事にしているミレイナも傷つきましたし」

「…………」

バイレッタは無言で、アナルドを見つめる。

「わかりました。だから、グラアッチェ侯爵家というわけですね？」

「察していただけて何よりですわ」

反対していたアナルドが、なぜか素直に折れてくれた。そんな彼は少し考えると、そういえばと話題を変える。

「これで、ひとまずは解決です。姫との婚姻が偽物で、バイレッタとの婚姻が正式であると証明しました。賭けは俺の勝ちでいいですか」

「解決しました？」

「調べてやれることはすべてやりましたよ」

勝ち誇っている夫の顔は腹立たしいけれど、怪我人を殴るわけにもいかない。

「たまには勝ちを譲っていただいても構いませんわよ」

「残念ながら、俺の妻が意地っ張りで負けず嫌いであることは知っているので」

どういうことだ。

わざわざ勝ちを強請《ねだ》ってその通りに勝ちを譲られたら、怒るとでも？

そうかもしれない、とちらりとバイレッタは脳裏で思う。

「勝ったから、俺のお願いを聞いてくれますよね？　何か可愛い妻を堪能できるようなお願いを考えておきますね」

「絶対に嫌です！」

「勝ったのは俺ですよ？」

この問答の勝者は、残念ながら簡単に想像がつくなと悔しくなりながらバイレッタは赤面するのだった。


社交シーズンも終わりを迎える。

この機会を逃せば、貴族派の集まりなどそうそうにない。

トレスイド侯爵家で開かれた盛大な夜会に臨みながら、バイレッタは身を引き締めた。

招待状はデュルクムに用意してもらったが、目立たない場所でひっそりとしているつもりだった。もちろん、アナルドが目立たないわけがない。

わかっていたのに、見ないふりをした。

滅多に夜会に参加しない美貌の持ち主。何より現役の軍人であるというのに、対立している貴族派のトレスイド侯爵家の夜会に堂々と参加しているのだから。

いつもの同家格の集まりばかりに参加している貴族派の連中にとって、スワンガン伯爵家が勢ぞろいとあっては注目するなというほうが無理がある。

会場であるダンスホールにはトレスイド侯爵家が誇るシャンデリアがいくつも垂れ下がり、光に溢《あふ》れている。装飾も料理も何もかもが煌びやかで、参加者の華やかな装いには圧倒されるほどである。

そして、トレスイド侯爵は本日のメインイベントに、嫡男であるデュルクムの婚約者を紹介したのだ。

弧を描く優雅な白い階段からゆったりと下りてきたのは、デュルクムと桃色のドレスに身を包んだミレイナである。

バイレッタは愛らしい義妹の姿に笑みを深めた。

「なっ、どういうことだ？」

貴族派の集う会場のざわめきを破るかのような怒声が上がった。トレスイド侯爵本人だ。

　だが父親の前に来たデュルクムは落ち着いた声音で言葉を紡ぐ。

「父上、僕の婚約者を紹介いたします。スワンガン伯爵家のミレイナです」

「ぐ、軍人の娘など認めんとあれほど──っ」

　顔を真っ赤にして、怒りの籠もった瞳をひたりとミレイナに向けている。

「育ちが悪い女に誑《たぶら》かされおって……この馬鹿者がっ」

「父上っ、彼女はそんな女性ではありません！」

　毅然とした態度で猛然と抗議したデュルクムは震えるミレイナの肩を支えるように抱いて、もう片方の手で、彼女の手をぎゅっと握りしめている。

　彼自身、父親の理解を得られるとは思っていない。それは賢い義妹もわかっている。ただ、寄り添えればいいと心優しいミレイナは話していたから。

　バイレッタとしては、トレスイド侯爵を殴り飛ばしたいくらいに腹立たしいが、今は自分の番ではない。だから、ひたすらに耐えるだけだ。

　バイレッタの近くに立っていたワイナルドが、ずいっと前に出た。

「うちの娘が不満だと？」

「ス、スワンガン伯……」

相手のほうが格上ではあるものの、傍若無人な義父が怯むわけもない。それはわかっていたが、なぜかトレスイド侯爵のほうが逃げ腰だ。

むしろ義父はすでに何かをやらかしているのでは、と思わなくもない。

ワイナルドは普段は興味がないふりをしているが、ミレイナのことを随分と気にかけているのだから。今回のことは彼なりに思うところがあったのかもしれない。素直じゃない義父は決して口を開かないだろうが。

しかし、やり方についてはあまり聞きたくはないが。貴族同士のやり口など、お綺麗な手段でないことは確かである。

「侯爵のご子息がどうしてもと頭を下げてミレイナと婚約したいと言うから絆されて来てみれば……そんな侮辱を受けるなら、帰るぞ」

ミレイナを見やって傲然と顎をしゃくる。

そんな姿は似合っているけれど、デュルクムが遮る。

「スワンガン伯爵、僕に少しだけお時間をください」

「デュルクム、何を言っているっ」

鋭い叱責が飛ぶが、デュルクムが止まるはずもない。

「父上が僕との婚姻を考えていたティファニア様ですが、彼女はすでに想う相手がいるのです。だからこそ、僕は僕の想う相手と添い遂げたい」

「愚かなことをっ」

「愚かなのは父上のほうです。僕が本当に何も知らないとでも思っているのですか」

「ど、どういうことだ」

どこまでも揺るぎない態度のデュルクムに対して、トレスイド侯爵は目を泳がせている。

すっかり怖気《おじけ》づいている姿はいっそ憐れだ。

敵としてはもっと、ふてぶてしいほうが倒しがいがあるというものである。

けれど、心優しい義妹にはいつでも幸福でいてほしいのは事実なので、小者のほうが喜ばしい。

「ティファニア様を得るために軍人を買収したでしょう。そのご自身の罪を隠蔽するために、旧ゲッフェ王国の生き残りに、軍人たちの殺害を命じましたね？」

「ば、馬鹿な……どこにそんな証拠があるというのだっ」

狼狽えたトレスイド侯爵に、デュルクムは確信を込めて告げる。

「ティファニア様ですよ。彼女は、すべてを見ていたのです」

「あんな元小国の姫の言うことを信じるのか」

「やはり、ティファニア様はご存じなのですね。だから、シックスは大人しく命令に従ったのか……」

「何っ？」

デュルクムの綺麗な顔が、不意に歪む。

きっと、父の所業を心の底では疑っていたのだ。それが確信に至った。

ミレイナも気がついて、痛ましそうにデュルクムを見つめている。

「彼をここに」

デュルクムの合図に、ダンスホールの扉が開き一人の軍人が入ってきた。普段のおどおどした様子がないのは、練習の賜物《たまもの》だ。本人は何度もそんな場に呼ばれるのは嫌だと言っていたのだから。

場違いな人物の登場に、ざっと人垣が割れる。

その軍人を見て、トレスイド侯爵の顔色が変わる。

「ベッツネアーゼ小隊のフェンネル・ゼイバ軍曹です」

バイレッタには聞きなれない小隊の名前を、デュルクムは馬鹿にしたように告げる。

亡霊だなんて意味深な名前をつけるなんてどうかしている。さすがモヴリスが考えた特務であると納得してしまった。

「初めまして、トレスイド侯爵様。なんとか凶刃から逃れることができ、こうして御前に侍《はべ》ることができました」

ゼイバの最大級の嫌みに、トレスイド侯爵が震える。

「ただの軍人などを我が屋敷に招きいれたのか!?」

軍服についている階級章を見れば、どの地位にいるのかは一目瞭然だ。

貴族派には瞬時に理解できないだろうと、デュルクムは軍曹という肩書きも紹介したのだろう。トレスイド侯爵の権威主義に火がついた。

明らかに、先ほどとは異なる理由で激高する父親に、デュルクムは静かに声をかけた。

「父上、悪あがきはもう終わりですよ。彼が無事にここにいるのが何よりの証拠です。こちらはアナルド・スワンガン中佐にお願いして連れてきてもらっています。どういうことかお分かりでしょう?」

デュルクムは一旦言葉を切って、疲れたように言葉を吐く。

夫の名前が出てきて、隣に立つアナルドを見やれば、彼は微笑んだだけだった。

これはきっと何も考えていない笑みだなと察する。

妻と目が合ったからといって、愛おしげに微笑まないでほしい。

何より、今はわりと重要な局面なのでは。

もっと集中すべきことがあるだろうに。

貴方が関わっているのなら、尚更に！

「軍ではすべての罪を把握しているということですよ。何より僕は行政府の人間です。それなりに調べようと思えば、トレスイド侯爵領の現状も簡単に把握できる」

「貴様、家を売ったのかっ」

「罪は暴かれるべきです」

デュルクムの声はどこまでも平板であり、だからこそ力強かった。

対してトレスイド侯爵は、劣勢が浮き彫りになるばかりだ。

「ぬけぬけと道理も知らぬ若造が、何を偉そうに！」

「そんな若造に追い詰められているのは父上のほうでしょう。今回の婚約を機に、貴方の引退を望みます。後のことはお任せください」

「そんなこと、許されるはずが……」

「残念ながら、可能なのです。父上は、あまりに蔑《ないがし》ろにしすぎたんですよ。軍人も行政府も、貴族派の権威すらも。牢獄《ろうごく》の中で、しっかりと反省なさるといい」

デュルクムの手引きでやってきた憲兵隊に、引きずられるようにトレスイド元侯爵は退場していく。後で軍にも引き渡されるのかもしれないが、ひとまずは法の裁きを受けるのだろう。

「お集まりの皆様、本日の夜会の催しはこれで終了です。今後は僕デュルクム・トレスイドが侯爵家当主として務めさせていただきますので、よろしくお願いいたします。ご参加ありがとうございました」

綺麗に一礼したデュルクムは、茫然とする観衆に帰路を促すのだった。


閑散としたダンスホールに、スワンガン伯爵家の面々とデュルクムだけが残る。

アナルドは証言者として連れてきた軍人を元の場所に戻すなどの所用があるらしく、この場に姿はなかった。

「これから、どうするつもりですか」

バイレッタが項垂れたデュルクムに問いかければ、彼は顔を上げて力なく微笑んだ。

「レタ義姉様、ご助力をいただきありがとうございました。スワンガン伯爵も。今後は侯爵家の立て直しを図りたいと思います」

「何かあれば、助力はする」

ワイナルドが面白くもなさそうに言い捨てる。

ツンデレな義父にしてはわりと素直な態度である。娘のミレイナの婚約者だからだろうか。

その調子で、スワンガン領地も頑張って運営していただければ幸いである。もちろん、そんな茶々を入れるつもりはないけれど。

「歴史も実績もあるスワンガン伯爵のご助力はありがたいですね」

「ミレイナのことは……？」

バイレッタが義妹の名を出せば、デュルクムが傍らにいるミレイナを悲しげに見つめた。

「本当は、僕は君に少しも相応しくない……領地の収入はすべて父が賄賂に使っていて財産がほとんどないんだ。これから真面目に働いて、貯蓄に回したところで君の家に匹敵するほどの資産を作るには何年もかかるだろう」

その言葉に嘘がないことは、握った拳が震えていることからもわかる。なんとか姿勢を正して顔を上げているのは、十六の成人したての青年ではない。伝統ある貴族家の若き当主である。すでに覚悟を決めた顔つきに、バイレッタは気づかわしげな視線を向けるだけだ。

彼はミレイナとの婚約の発表をやめるとバイレッタに伝えていた。名前だけのトレスイド侯爵家では、義妹が苦労するのは目に見えている。

だが、内情を説明した上で婚約披露をしてほしいと言い出したのはミレイナなのだ。バイレッタはミレイナの気持ちはデュルクムには伝えていない。

本人からきちんと伝えたほうがいいと考えたからだ。

「婚約を発表したけれど、それも当主交代の醜聞に消される。君は自由だ」

「自由なら、好きにしてもいいのですね」

ミレイナは震える手をしっかりとデュルクムの背中に回した。

「なら、貴方の婚約者でいさせてください」

懇願はあまりにまっすぐで、デュルクムが慌てる。

長いまつ毛を震わせて、何度もせわしなく瞬きを繰り返している。

「――だけどっ」

虚を衝《つ》かれたデュルクムに、ミレイナは穏やかに微笑んだ。

「いいんです。私、貴方がいればそれだけで幸福ですもの。苦労するとしても、デュルクム様といられるなら、頑張れます」

「でも、君は泣いているから」

ミレイナの頰からはとめどなく涙が溢れて伝う。

それをデュルクムはハンカチを取り出して拭う。

愛しい大切な人に苦労をかけたいと思う男はいないだろう。彼女が泣いているのなら尚更に。

「これは、貴方の涙だわ。お父様を愛していらしたでしょう？」

デュルクムの代わりに泣くのだと告げたミレイナに、彼は顔をくしゃりと崩して小さな肩に額を押し付けた。

すまないと彼は決して口にしない。どこまでも無垢《むく》な婚約者を彼がどれほど欲していたのか、その心情は推しはかることしかできないけれど。

「……ありがとう。今夜はさすがに疲れた」

「素直なのがデュルクム様のいいところです」

「……うん」

もう一度、ありがとうとつぶやいたデュルクムをミレイナが優しく見つめる。

抱きしめ合い寄り添う恋人たちを、バイレッタは静かに見守るのだった。

トレスイド侯爵家のダンスホールに面した中庭にバイレッタが足を向ければ、真ん中に佇むティファニアに、アナルドが近づくところだった。

白銀の柔らかな光を浴びた二人が、闇夜に浮かび上がっているかのような光景だ。会場入りしてからずっと中庭に控えていた姫は今夜も儚げに見える。

バイレッタとしては、どうしても同情的な視線を向けてしまう。

けれど夫であるアナルドが、彼女に抱いている感情はもっと複雑だ。怜悧さの中に剣呑さを滲ませて見つめる彼を眺めて、バイレッタは深々と息を吐いた。

実際、自分の中にこれほど激しい感情があるのかと驚くほどだと告白した夫に対して、バイレッタが何か言えることはない。妻が絡むと大抵は衝動を抑えることが難しいのだと真剣な顔で述べられて、なんと答えろと？

「ご気分はいかがですか」

「アナルド様、いい夜ですわね」

ふわふわと微笑むティファニアに、アナルドはどこまでも冷めた声音で問いかける。

「これが貴女の復讐ということでしょうか」

「なんのことでしょう？」

首を傾げて、きょとんと見つめる瞳はまるでガラス玉のようだ。無機質で、透き通っていて、空虚。

「国を滅ぼしたガイハンダー帝国に少しでも意趣返しをしたいといったところですか」

核心を突かれたのか、ティファニアの瞳が僅かに揺れる。

「愛情を向けられているかどうかは、相手の目を見ればわかるものです。俺の妻は本当に雄弁に語ってくれますから。アメジストの瞳が宝石のように輝いて、それは美しいのです。怒っている時も、喜んでいる時も、強い光に魅せられる」

「本当になんの話ですか……」

「俺が妻を愛しているという話ですが？」

アナルドが当然のように答える。ティファニアは残念そうな顔を向けた。彼の妻の話は、彼女になんら感銘を与えなかったようだ。

心底、どうでもいいけれど！

「アナルド様！」

バイレッタが後ろで聞いていると知っていて、絶対にティファニアと会話をしている。思わず羞恥で上ずった声で名前を呼べば、満面の笑みを浮かべてこちらを振り返る。

「なんでしょう？」

「余計な話は必要ないのでは？」

「余計？　俺の素晴らしく可愛い妻の話ですよ」

「わざわざアナルド様に愛されているところを見せつけに来たの？」

アナルドに向けていた余所行《よそゆ》きの顔はすっかり改めて、敵意むき出しにティファニアはバイレッタを睨みつけた。

「誤解です……」

バイレッタは脱力するが、ティファニアは鼻を鳴らしただけだ。

「どうだか。本当に年増の嫌みな女ね」

「それで、どのような終わりをお望みですか」

アナルドが抜き身の剣を向ければ、彼女ははっとして瞠目《どうもく》した。

「アナルド様……？」

「俺の妻に散々暴言を吐いて悪態をついたことは聞いています。それだけで飽き足らずシックスに命じて彼女を殺そうとしたこと、決して許せることではありませんから。けれど、俺の妻は本当に慈悲深いのです。せめて彼女の想いに報いるためにも、亡国の生き残りの姫には相応しい終わり方を示してあげますよ」

シックスはティファニアの命令しか聞かないのだと先ほどデュルクムがトレスイド侯爵に確認してくれた。だから、バイレッタの命を狙ったのはティファニアだと証明されてしまったのだ。

そうしてアナルドが問答無用で剣を振りかぶれば、がきんと荒々しく横から飛び込んだ剣が弾《はじ》く。

「シックス！」

ティファニアが目の前に立つ男の名を呼べば、苦々しそうに舌打ちが聞こえた。

「くそっ、嵌めたな？」

ティファニアを背に庇うように剣を構えるシックスは、悔しそうに顔を歪めた。

背後のバイレッタを庇うアナルドの姿を見据えて吐き捨てる暗殺者に、無表情で告げる。

「こうでもしないと貴方は現れないとわかっていました」

「その通りになったのが、本当に馬鹿みたいだ」

「忠犬というのはそういうものでしょう」

「うるせぇ、俺は犬じゃない」

護衛でもないし、犬でもないらしい。

だとしたら、彼はいったい何になりたかったというのだろうか。

バイレッタは対峙する三人を静かに見つめた。

「だとしても長年姫を守ってきたのは、貴方だ。国が滅んでも、彼女の意志を尊重してバイレッタも手にかけようとしましたね？」

「仲間たちの最後の願いだったからな。我儘だけの頭空っぽの姫様のくせに。皆には、本物のお姫様だったんだ」

シックスはまるで自分が愚かだと悔いているようだが、どこか憧憬を覗かせた顔には気がつかないものなのだろうか。

我儘を受け入れられている彼女の無邪気さが、羨ましいことに。

「俺の妻に叱られていたくせに、まだ理解していないと？」

「なんで、そんなに不機嫌なんだ……？」

アナルドが渋面を作れば、シックスはぽかんとした顔をした。

「もちろん、貴方がバイレッタに叱られていたからですが」

「は？」

シックスは心底理解できないと言いたげに、アナルドを見つめている。

バイレッタだとて同じ心境だ。

「まさか、バイレッタが叱ることがどれほど貴重か、理解できないのですか……？」

愕然としたアナルドの頬を引っぱたいて正気づかせればいいのか、バイレッタは真剣に悩んだ。

「アナルド様、話が逸れています！」

「いえ、これはとても重要なことですよ。いや、もちろん理解できないのなら、それはそれで、自分だけ知っているという特別感につながるのも事実ですが。けれど、なぜだかわからせたくもあるのですよ、不思議ですね」

「もう黙ってください！」

普段口数の少ない夫が突如、饒舌《じょうぜつ》に語り出した。これは危険だ。

バイレッタが辱められる未来しかない。

バイレッタは交代だとばかりに、アナルドに近づいた。

「この男は私に、バイレッタの惚気《のろけ》しか言わなかったわ」

「あんた、本当に……噂以上にバカなんだな」

「バイレッタに溺れているというのなら、本望です」

仲良く震える主従に、アナルドは冷めた目を向けるだけである。

バイレッタは羞恥と怒りがない交ぜになった感情を抱えて震えた。

「おい、こんな物騒な輩《やから》を私に押し付ける気か？」

中庭にやってきた尊大な態度を隠す気もない青年の台詞に、二人は揃って不思議そうな目を向けた。

一目で上等とわかる夜会服に身を包んだ上品そうな青年である。貴族らしいいでたちに白に近い白金の長髪を後ろで一つに束ねている。鋭いアイスブルーの瞳は鋭利で、アナルドとはまた異なる美形であることは間違いない。

エミリオ・グラアッチェ侯爵令息。

バイレッタのスタシア高等学院時代の同級生でもある。

「別に俺は頼んでいませんが」

「アナルド様、本当にこれ以上引っかき回さないでください。グラアッチェ様、よく来てくださいました」

「ふん、軍人ごときでは手に負えないからだろう。トレスイド侯爵家からも頼まれた。泣きつかれて甚だ不本意ではあるが、仕方なくこうしてわざわざ足を運んでやったんだ。ありがたく思え」

「バイレッタが泣きついたのですか？」

アナルドの瞳が鋭くなったが、バイレッタはなんと答えればいいのか迷う。

譬《たと》えだと言ったところで、アナルドの機嫌はよくなるがエミリオが臍《へそ》を曲げそうだ。実際のところ夜会の招待状を書いたのはデュルクムだが、それを持っていったのはバイレッタだ。

その際には、ある程度の話は通してある。もちろん泣きはしなかったけれど。

「も、もちろん」

アナルドが視線を向ければ、なぜかエミリオは頷いたもののたじたじとなっていた。

以前も妻を泣かせた前科のある男だと言いたげに、自然とアナルドの視線は鋭くなった。

「なるほど。では、後はお願いしますよ」

「置いていくのか⁉」

「アナルド様……それはあまりにも無情ですよ」

思わずバイレッタが声をかければ、アナルドは至極当然のように頷いた。

「軍人ごときでは手に負えないと言われたので」

「それは言葉のあやだ！　犯罪者でもあるのだろう、手伝えっ」

「はあ、どうすればよろしいですか」

「我が屋敷に連行してもらおうか！」

威勢だけはいいエミリオの言うことを聞くらしい。アナルドは後ろに控えていた部下に無言で指図した。

軍人の何人かが、シックスとティファニアの背後に並び立つ。

気を取り直したエミリオがいつもの居丈高に胸を反らして、傲然と命じる。

「来い、若造ども。帝国の上級貴族の恐ろしさをしっかりと教えてやる」

「な、なんのために？」

シックスが狼狽えて、尊大な態度のエミリオに問いかけた。

「今後帝国で生きやすくなるためだ。最終的には自分の国を再建するためだろ」

「は？」

「旧ゲッフェ領をお前たちが再建するんだ。なぜ、驚く必要が。おい、まさか説明していないのか？」

驚き息を呑むシックスの横で、エミリオが苛立ったようにバイレッタを見やるので、仕方なく状況を説明する。

「伝える機会がなかったので」

バイレッタが端的に答えれば、アナルドも頷く。

「聞かれなかったので」

「はあ？」

「貴様ら……私はそこまで暇ではないぞ」

シックスがわけがわからないと困惑した間抜け顔を晒す。エミリオは盛大に顔を顰めている。

今まで逃げ回っていたシックスにいつ説明する暇があったというのだ。

そもそも説明込みで、最初からエミリオに押し付けるつもりではあったので、それは言わないでおく。

「怠慢だぞ。まったく、一応我がグラアッチェ侯爵家が後ろ盾になってはやる。うちは帝国の食糧庫と呼ばれるほどに広大な農地を抱えているからな。門外不出のノウハウを特別に教えてやるから伏して感謝しろ。銀山は諦めるしかないが、穀倉地帯は戻せるだろう。その豊かな穀倉地帯の三十年分の税で返すんだ」

「誰が？」

「貴様ら二人だ。生き残りは二人だと聞いたが」

「え、なんで？」

「貴様らしかいないからだろう」

「それが、バイレッタがお前たちに託した未来だ」

アナルドはぽかんと口を開けて立ち尽くす主従を見やった。

「女神は、とんだお人よしだ……殺されそうになったことを忘れたのか。能天気すぎる」

シックスが片手で顔を覆って、俯く。

「本人を前に、その発言はどうかと思うのだけれど？」

「真実なのですから、受け入れるべきではありませんか。俺としては、控えていただけるととても安心できるのですが」

バイレッタが呆れると、アナルドも疲れたようにため息をついた。

「殺されそうになったくせに、相手の国まで救う案を考えるのだからそう評されるのもわかりますよ」

「実際傷つけられたのはアナルド様ではありませんか」

「軍人であれば、怪我は日常です。これまで致命傷なくいられたことのほうが奇跡だと言ってもいいほど。だから、自分のことは別になんとも思わないけれど、貴女は民間人です。だというのに、命を狙われても相手を助けようとする。たとえ相手に嫉妬していたとしても私情は挟まずに、きちんと二人の未来を考えて、ね」

アナルドがバイレッタが嫉妬したことを殊の外喜んでいるのはわかった。

とにかくそれ以上余計な口をきくなと叱りつければいいのだろうか。

憮然とした面持ちになるが、今はそれどころではないことだけは確かだ。

「ちゃんとティファニア様を守るのよ？」

シックスはバイレッタの言葉に、黙って頭を下げた。

それが彼なりの返事だと受け取る。

「嫌よ、今度はどこに行けっていうのっ。お父様だって、城の皆も、もう誰もいないのに！」

ティファニアが喚いたが、シックスが叱りつけた。

「ほんと、姫様は我儘ばっかりだ。だけど、貪欲なところは嫌いじゃない」

「シックス？」

「託されたのは俺だし、もう俺しかいないんだよな。だから前に護衛じゃないなんて言って悪かったよ。女神のご慈悲をいただいたんだ。俺だって腹は括《くく》る」

シックスはティファニアの手をとって額に当てる。

以前にエルメレッタにしていた仕草だ。

「春だって夏だって秋だって冬だって。城に籠もってた姫様はゲッフェの国のことなんてなんにも知らないだろ。だけど、春は風が甘いし、夏は涼しくて、秋は実った畑が輝いて、冬は穏やかな日差しが当たる。ゲッフェは豊穣《ほうじょう》が約束された地なんだよ。大地の恵みと姫様に感謝を捧《ささ》げる――」

ワインレッドの瞳は、星の光を受けてまっすぐに輝く。

「姫様、これが俺たちのやるべきことなんだよ。残された俺たちだからこそ、やらなきゃいけないんだ。国王がいなくなったって民はいるんだから。いつまでも甘ったれたことは言えないんだよ」

その言葉に打ちひしがれていた護衛の姿はない。

今の彼なら、きっとティファニアを支えていけるだろう。

「生意気――落ちこぼれのシックスのくせに。それに、城からだって農地は見えるのよ」

口を尖らせたティファニアはこれまでの幼さが鳴りを潜めて、年齢よりもしっかりしているように見えた。歪な主従が、しっくり寄り添っているように思える。

アナルドは妻の想いを尊重して、二人を監視付きで見逃してくれることにしたらしい。

モヴリスの計画からは大幅に外れてしまった。

今後、彼がどう動くのかは読めないところではあるけれど。

軍人に連行されていく二人の薄い背中を見送って、バイレッタはただ願った。

若者たちの前途が少しでも洋々であることを。

「しっかり教育してやるから、安心しろ」

「ありがとうございます」

エミリオはバイレッタの不安を汲んで、横柄な態度を崩さずに告げた。

その優しさに、思わず笑ってしまう。

スタシア高等学院時代の同級生だった時にはバイレッタに嫌がらせしかしなかった男だ。むしろ厄介な相手だと思っていたのに、随分と丸くなったものである。

先のことなど、どうなるかわからない。

だから、二人の未来も明るければいい。

「また浮気ですか。どうおしおきしてほしいですか？」

折角バイレッタがほっこりしたというのに、アナルドが爆弾を投げ込んできてすべて台無しになったのだった。

◆　◆

――すべての計画は終わった。

帝都のモヴリスに与えられた執務室で、椅子に深く座りながら満足げに頷く。

モヴリスがワイングラスを傾ければ、芳醇《ほうじゅん》な香りが鼻腔《びこう》をくすぐる。

思ったよりも気分がいい。

バイレッタは、毎回引っかき回してくれるけれど、概《おお》ね順調に行った。

軍人派が囲うにはあの姫は重すぎる。荒れ果てた農地を復活させるすべはないし、掘り起こせない銀山に興味はない。貴族派筆頭のギーレル侯爵家に押し付けたかったが、そこまでは望みすぎだとわかっている。嫌がらせにしては最大級に引っかき回せただけで満足すべきだ。

さすがに旧ゲッフェ王国の生き残り二人をグラアッチェ侯爵家に預けたことは、予想外だった。

予想外だが、あの二人にとっては、ひいては旧ゲッフェ領にとっては素晴らしい結果に終わっただろう。誰にも支配されず、国を思うことができる。

あの二人が心から望んだ未来ではないかもしれないが、後から振り返れば最善だと気づくほどだろう。

善行を施すつもりのないモヴリスには選びようもない未来。

バイレッタだからこそ、叶えられる未来だ。

「あの男も、可愛がっている姪になんてことを頼むのだか……まあ、信頼しているからこそとも言えるのかな……？」

表でも裏でもほとんどつながりのない男。

ガイハンダー帝国のみならず、大陸全土にその名を轟《とどろ》かす商会の会頭である男を思い浮かべて、顔を顰める。

あの男との関係を表すなら、一言だけ。

共通の友人がいるということだけだ。

今後も仲良くするつもりなどないけれど、目障りだと感じればどうすればいいのか。

「排除するのは、本当に難しそうだよね」

今後とも、モヴリスの邪魔をしなければいいのだけれど。

微妙に思いの方向性が異なるのは否めない。

どちらにしても、今回はモヴリスの邪魔にならなかったので、よしとする。

「さあて、次は何をして遊ぼうか？」

軍人派と対立して久しい貴族派の筆頭である老獪《ろうかい》な男の顔を思い浮かべて、モヴリスは機嫌よくワインを飲み干したのだった。

終章　賭けの報酬

　スワンガン伯爵家のサロンは午後の柔らかな日差しに包まれて穏やかな空気がただよっている。

　そんな中、カップが乱暴に叩きつけられる不穏な音が響いた。

「お義姉様は、本当にお兄様に甘いですわ！」

　憤慨してがちゃんとカップを白い丸テーブルに置いて怒るミレイナに、思わず苦笑する。隣にいる義妹に視線を向けると、彼女を挟むように隣に座っているデュルクムが目に入った。何をしていても恋人が可愛いと雄弁に物語る青年の瞳には、呆れるしかない。

　全く同じ瞳を隣にいる男も妻に向けているのかと思うと、何も言えなくなるので、極力そちらは見ないようにして、可愛い義妹にひたすら視線を向けているのだが。

「今回は他所に妻がいたのですよ。普通なら真っ先に離縁でしょう⁉」

「そうねえ。でも、アナルド様は知らなかったわけだし……」

「知らなかったら許されるとでも？　ですから、お義姉様は甘いというのです。お兄様がこうしてつけ上がって、お茶の時間まで邪魔してくるのではないですかっ」

アナルドは傷病休暇中である。

そのため、四六時中バイレッタについて回る。

傷病休暇とは？

動けるならさっさと仕事に復帰すべきではないだろうか。

などと思わなくもないけれど、義妹との楽しいお茶の時間すらこうしてくっついてくるのだ。鬱陶しいという言葉を呑み込んだ。批難したところで聞く耳を持つ夫ではない。さらに余計な文言を付け加え、一方的な解釈を加えられる。バイレッタが辱められる未来しか見えない。

今はとにかく、義妹に集中すべきだ。以前にも同じような状況でミレイナは憤慨していたなと懐かしくなる。

「お兄様が怪我をしたのは自業自得です。厄介な女を放置した挙げ句、レタお義姉様が襲われたんですよ。だから、あの女は初めから気に食わなかったというのに！　盛大に反省させるべきで、甘やかすべきではありませんがっ」

「怪我のことは触れるな。バイレッタが傷つく」

「はあ？」

「俺の妻は優しいから、夫の怪我が自分のせいだと責任を感じている」

「はああ？　お義姉様はいったい何をおっしゃって、この愚かな兄をつけ上がらせたのですかっ⁉」

「え、ええ？」

バイレッタを庇ってアナルドが怪我をしたのは事実なので、もう二度としないでほしいと怒っただけである。

つけ上がらせるつもりなど欠片もない。ミレイナに怒られるようなことはしていないはずだ。

自分だって聞きたい。

何をどう翻訳したら、こんなに自惚《うぬぼ》れの強い夫が出来上がってしまうのか。

一言もそんなこと言っていないはずでは？

眩暈を覚えるレベルである。

「あ、ミレイナ。このお菓子は料理長の新作よ。絶対に気に入るから食べてみて」

「そうだね。可愛いミレイナに合わせた見た目で、とても甘やかで蕩けそうだったよ」

話題を変えようとテーブルの上の菓子を義妹に勧めれば、デュルクムもデレデレと便乗した。

菓子を褒めているのよね？

一瞬、なんの話をしているのかバイレッタは見失いかけた。

ミレイナも真っ赤な顔をしているので尚更だ。

バイレッタはいつもの日常が戻ってきて、肩の力を抜いた。

初々しい恋人たちもすっかり元通りにイチャイチャしている。

トレスイド侯爵家は無事に代替わりして、デュルクムは行政府と侯爵という兼業の忙しい日々を送っているはずだが、こうして時間を見つけてはミレイナのところに遊びに来る。本当にどうやって時間を作っているのかは謎である。

照れたように菓子を口に運んで綻んだミレイナの笑顔を前に、満足そうに頷く。

屈託なく笑い合う恋人たちを微笑ましく見つめていると、ミレイナがバイレッタに視線を向けた。

「本当においしいです。お義姉様もお好きでしょう？」

「そうね」

好きなものを好きだとはっきり言えるミレイナの素直さや強さが羨ましい。

できればそのまま見守りたいものだ。

「あら、ミレイナ。欠片がついているわよ」

口の端についた菓子の欠片をひょいとつまんで、バイレッタはつい食べてしまう。

エルメレッタにいつもしている行為であったが、なぜかミレイナは頬を染めてバイレッタをぽーっと見つめてくる。

「……お義姉様」

「──っく、やっぱりレタ義姉様には勝てない」

デュルクムが悔しそうにしているが、意味がわからない。

「ほお、こんなところでも浮気ですか」

「はい？」

なぜかアナルドが低い声で問うてくる。

一気に混沌とした茶席で、バイレッタは瞬きを繰り返すだけである。

「な、なんのお話ですの」

「無自覚なのは知っていますよ。そういえば、今回の賭けの報酬はきっちりといただきますからね」

「なぜ、今その話をされるのです？」

「俺の愛しい唯一の妻であると自覚を促すためですね。それで、俺としては『ごっこ遊び』に付き合ってほしいのです」

「『ごっこ遊び』ですか？」

聞きなれない言葉を繰り返すが、何をするのかよくわからない。

「ああ、今帝都の若い恋人たちの間で流行《はや》っている遊びですよ。貴族が平民ごっこをするとか、軍人が騎士ごっこをするとか。いろいろと役割を設定するみたいですね。踊り子と騎士の火遊びの恋とか、花屋と貴族の悲恋ごっことか、軍人の上官と部下の一夜の過ちとか」

デュルクムがアナルドの言葉を補足してくれたので、バイレッタはなんとか理解した。

「例えば、鎖国中の国に商人夫婦の偽装をして潜入し、政変に巻き込まれるとかですよ」

「いやに具体的な話ですね？」

鎖国中の国といえば、バイレッタの高等学院時代の学友であるミュオンの国である。その国に普通では旅行に行けないので、偽装するのは理解できる。だが、政変に巻き込まれるなどとは随分と物騒な話だ。

「例えばの話ですよ」

「そんな『ごっこ遊び』が楽しいのですか」

「俺の妻は刺激に飢えていますから？」

アナルドがバイレッタの瞳を覗き込みながら、手を取って口づけた。

なぜ、今、ここで、この行動⁉

「大人の色気が凄い……参考にさせていただきます」

「お義姉様っ、本当に何をやらかして兄をこれほど浮かれさせたのですかっ⁉」

デュルクムが感心している横で、ミレイナが真っ赤になって叫ぶ。

理由を聞きたいのはバイレッタのほうである。

アナルドは何事もなかったかのように、バイレッタに蕩ける笑顔を向けた。

「楽しみですね」

「え、ええ？」

少しも楽しみになれない。

そして、貴方の怒れる妹をどうにか宥めてくれないだろうか。

バイレッタは途方に暮れたような気持ちになった。

とはいえ、これも幸せの一つであることは間違いようもなく。

明日も明後日《あさって》も、この幸福が未来に続けばいいと願ってしまうのだった。

『拝啓　バイレッタ・スワンガン様

久しぶりね、元気にしているかしら。

こちらは変わらず、忙しい毎日の繰り返しです。貴女も同じようなものだとは思うけれど。

旦那様は相変わらずだろうから、聞かないでおくわね。

さて今回手紙を送ったのは、貴女の娘も大きくなっただろうから、一家で我が国テンサンリに遊びに来ないかと思ったからなの。きちんと出迎えのための身分は用意してあるから、鎖国中でも安心してね。

ぜひ、前向きに検討してもらえると嬉しいわ。色よい返事を待っています。

貴女の親友　ミュオン・クレラ・テンサンリ』

あとがき

　こんにちは、久川航璃《ひさかわこうり》と申します。初めましての方もいらっしゃるのかな、その方たちは初めまして。四巻から読み始めるのは家訓か何かでしょうか。一度お話ししてみたいものです。

　このたびは本作をお手にとっていただきまして誠にありがとうございます。本作はネット小説にあげさせていただいたものの第四弾です。今回はバイレッタがいつも可愛《かわい》がっているミレイナが頑張る話です。なぜか、バイレッタともども少し辛《つら》い話になってしまいました。ですが、ご安心ください。きちんと、最後はミレイナも兄であるアナルドを叱り飛ばすくらいには回復します。まあ、相変わらずの日常ですね。新キャラもいつものキャラも、それぞれの悲喜こもごもを堪能《たんのう》していただければ幸いです。

　そして二人の話はまだ続きます。次回は名前ばかり出ていたあの人がついに登場！　初回からずっと出ていたのにねと作者はちょっぴり感慨深いのですが。誰なのか、楽しみに待っていただければと思います。

　今回は作者が微妙なスランプに陥りまして。お付き合いくださった編集様には最上級の感謝を捧《ささ》げます。編集様の適切で素晴らしいご助言と根気強いご指導がなければ今もこの話は未完結のままでしたね。毎回のことではありますが、編集様にはひたすら頭を下げるしかありません。本当に、本当にありがとうございます。

そしていつもイメージ通りのカバーイラストを描いていただいているあいるむ様。今回はカバーラフから絶叫しました。素晴らしすぎるっ。テンション爆上がりですよ、こんなシーン入れればよかったと何度思ったか……。もうアナルドの妄想なんじゃないかと思い始めた次第です。夜会で美しいバイレッタを独り占めですよ。うらやましからんですな。さらにこの本に関わっていただいたすべての方々に、心からの謝辞を。何より、お目にかけてくださった皆様にも重ねて、感謝を！

この巻の発売月には本作のコミックス二巻も発売しています。漫画は紬《つむぎ》いろと様に担当していただいているのですが、一巻とはまた異なるイラストにうっとり。購入特典もいろいろとあるようなので、何冊購入しようか真剣に悩む日々でございます。こちらも皆様にご注目いただければ、幸いです。

最後になりましたが、世間では次から次へと煩雑なことが起こっておりますが、この本をお手にしてくださった皆様の心からの安寧を祈願して。

ここまでのお付き合い、本当にありがとうございました！

＜初出＞

本書は書き下ろしです。

◇◇メディアワークス文庫

拝啓《はいけい》見知《みし》らぬ旦那様《だんなさま》、離婚《りこん》していただきますⅣ

久川航璃《ひさかわこうり》

2024年6月25日　初版発行
2024年8月10日　再版発行

発行者　山下直久
発行　株式会社KADOKAWA
〒102-8177　東京都千代田区富士見2-13-3
0570-002-301（ナビダイヤル）
装丁者　渡辺宏一（有限会社ニイナナニイゴオ）
印刷　株式会社暁印刷
製本　株式会社暁印刷

ISBN978-4-04-915740-6 C0193

メディアワークス文庫　https://mwbunko.com/

本書に対するご意見、ご感想をお寄せください。

あて先
〒102-8177　東京都千代田区富士見2-13-3
メディアワークス文庫編集部
「久川航璃先生」係

◇◇◇

だって望まれない番ですから1

一ノ瀬七喜

竜族の王子の婚約者に選ばれた、人間の娘――壮大なるシンデレラロマンス！

番（つがい）――それは生まれ変わってもなお惹かれ続ける、唯一無二の運命の相手。

パイ屋を営む天涯孤独な娘アデリエーヌは、竜族の第三王子の番に選ばれた前世の記憶を思い出した。長命で崇高な竜族と比べて、弱く卑小な人間が番であることを嫌った第三王子に殺された、あの時の記憶を。再び第三王子の番候補に選ばれたという招待状がアデリエーヌのもとに届いたことで、止まっていた運命が動きはじめ――。やがて、前世の死の真相と、第三王子の一途な愛が明かされていく。

メディアワークス文庫